솜대리의 웨

한 식 탐 험

솜대리의 왜

한 식 탐 험

내가 궁금해서 찾아본
생활 속 우리 음식 이야기

솜대리 지음

올라

솜대리! 독특한 이름이었는데 그녀의 생각과 시도는 더 독특했다.

벌써 3년 전인가. 책방이 인연이 되어 그녀를 알게 되었다.

내가 진행했던 강연에 그녀가 왔다. 탄탄한 직장에 다니고 있으면서도 음식 관련 일이 너무 하고 싶던 그녀는 회사를 그만두고 창업을 해야하나 고민 중이었다. 내 의견을 물었는데 내가 뭐라고 답을 했던가.

아니다. 나의 답과 상관 없이 똑똑한 그녀는 스스로 길을 정했고 음식 관련 글을 썼으며 마침내 책 한 권을 이루었다.

세상엔 이미 음식 관련 책이 많지만 솜대리의 이 책은 많이 다르다. 연구자의 책처럼 엄숙하지 않되 요리사의 책처럼 레시피만 말하지도 않는다. 오히려 우리 음식, 한식을 렌즈로 일상을 들여다 본달까.

그래서 즐겨 먹고 있으면서도 미처 알지 못했던 한식의 정체나 사연을 새로 알게 되어 한식에 더욱 애정이 가게 한다.

솜대리는 출산한 몸을 채 추스리기도 전에 글을 썼고 그런 뜨거운 애정을 에너지로 책이 세상에 나왔다.

오늘 밤 솜대리의 재치 있는 글을 읽으시며 치맥을 하시면 어떨까.

오늘의 치맥은 어제까지의 치맥과 사뭇 다를 것이다.

2021년 2월
최인아(최인아 책방 대표)

올해는 코로나로 주춤하지만 바야흐로 지금은 지구촌 시대이다. 세계 방방곡곡을 이웃집 드나들 듯이 돌아다니고, 심지어 지구촌 산골 오지 마을에 까지 해외 관광객들이 몰려들고 있다. 눈으로 좋은 곳을 둘러다 보고 저녁에는 그 지역에 맛있는 것을 먹어야 행복한 여행의 마침표를 찍는다. 그래서 많은 여행객들이 그 지역의 음식에 관심을 갖게 된다. 요즈음 한국에 관광 온 사람이거나 살고 있는 사람들의 일상을 그린 TV 프로그램을 보면 한식에 대한 칭찬이 말이 아니다. 그만큼 앞으로는 공장에서 생산해 내는 식품보다, 어느 국가, 지역에 대한 음식에 대해 알고자 하는 마음과 관심은 강렬하다.

원천적으로 사람들은 음식에 대하여 관심을 많이 가질 수밖에 없다. 정확하게 이야기하면 음식은 본능적인 문제로 사람이 살고 죽는 문제와 직결되어 있다. 그런데도 지식인은 먹는 것에 관심을 갖는 것을 낮은 단계의 행동, 못 배운 사람들의 특징으로 보고, '아무거나 먹지' 등 음식을 먹는 것과 말하는 것을 하찮게 여겼다. 우리 음식에 대하여 이야기하는 것보다 한자로 쓰인 중국 음식에 대하여 이야기하면 배운 사람 취급하였고 그것이 음식에 관한 학문의 다인 줄 알았다.

해방 이후에도 음식에 관한 관점이 산업화에 초점이 맞추어져 있어서 새로운 제조 기술과 현대화에 맞추어져 식품이란 용어가 도입되기 시작하면서 돈을 버는 기술적인 식품 이야기만 많이 해 왔다. 진정으로 우리 할머니 어머니가 오랫동안 만들어 즐겨 먹었던 음식의 원천적인 궁금증을 이야기하는 것은 오히려 못 배운 사람의 이야기, 낮은 단계의 학문적 이야기로 치부되어 왔다.

그러나 우리는 지금 70~80년대 산업화 시대를 사는 것이 아니다. 우리 국민이 소득 4만 불 시대를 생각해야 할 때다. 이제는 음식의 역할이 먹고 일하는 데만 있는 것이 아니라, 먹고 건강하고, 먹고 놀고, 시각적, 미각적 행복을 느끼고자 하는 사람들에게 이야기와 답을 주는 역할이 요구되고 있다. 한식에 관한 책이 시중에 많이 나왔다. 그러나 여태껏 한식에 관한 책을 보면 대부분 한식을 만들고 요리하는 방법을 기술하는 책이고, 한식에 대하여 궁금증을 이야기하는 책은 많지 않았다.

이러한 시기에 『솜대리의 한식탐험』은 기존 음식을 의례음식으로만 생각하고자 하는 한학 양반들이나 식품을 개발하여 돈을 벌게 하는 역할을 하는 학문을 배운 사람들에게는 경종을 울리는 책이다. 음식에 대한 관심이 자랑하기 위한 한문학자나, 학문적으로 큰돈을 벌기 위한 수단으로 알고 있는 개발자의 입장을 벗어나 이제 음식 이야기는 일반 국민, 즉 소비자와 시민의 입장이 되어야 한다는 메시지를 전하고 있다.

책의 구성도 아주 잘 되어 있다. 1부에는 음식의 뿌리에 대한 많은 논란 여부를 떠나서 한국인이 즐겨 자주 먹는 음식, 즉 짜장면, 치맥 등을 다룬 '한식인 듯 한식 아닌 한식 같은'으로 구성되어 있고, 2부에서는 불고기, 전 등 전통 한식과 같은 우리가 알고 있던 한식에 대한 이야기를 다루었으며, 3부에서는 한식을 이해하는 입장에서 이와 비슷한 세계 음식을 바라본 '한식으로 하는 세계 음식 탐험'으로 구성되어 있다. 세계를 많이 돌아다니고 음식을 맛본 젊은 저자가 본 눈은 예리하다.

이 책은 정갈하고 깨끗하게 쓰여 있으므로 독자들이 쉽게 읽고 이해할 것 같다. 앞으로도 '그랬다고?' 하는 지식을 전달하는 책이 아니라 '응, 그거였구나' 하는 마음을 읽어 주는 책을 많이 쓰기를 바란다.

2021년 1월 석성산 정상을 바라보면서
권대영
(『한식인문학』 저자, 한국과학기술한림원 농수산학부장, 전 한국식품연구원 원장)

한식의 길을 더불어 걷는 도반(道伴)에게!

'도반(道伴)'은 아름답다. 소리도 아름답지만, 뜻이 더 아름답다. 불가에서, 더불어 수행 정진하는 이를 뜻한다. 도반 그대로의 뜻도 아름답다. 같은 길을 걷는 동무라는 뜻이다.

'작가 솜대리'와는 별다른 인연이 없다. 가끔 인터넷 검색을 하다가 '솜대리'라는 꼬리표가 붙은 칼럼을 본 게 모두다. 허락한다면 도반이 되고 싶다. 한 세상 살다가 인연이 닿으면 만날 수도 있고, 만나지 못할 수도 있다. 도반은 이 모든 것이 가능하다.

'아이 백일날, 두 종류의 떡을 직접 준비하는 엄마'다. 아이를 낳고 나서 백일, 몸도 제대로 못 추스른 상태에서 이 책의 초고를 준비했다고 말한다. 대단하다. 필자가 이야기하다시피, 책 한 권 엮는 일은 아이 낳는 고통에 비교된다. 그 고통을 겪으며 엮은 책이다. 격려의 박수를 보낸다.

참 꼼꼼히도 여러 가지 아이템을 정했다. 필자가 이야기하다시피 집에서 직접 음식을 매만지기 때문에 가능하리라. '남은 반찬, 남은 음식'으로 새로운 음식을 만든다. 글을 읽다가 깜짝 놀랐다.

한식은, '儉而不陋 華而不侈(검이불루 화이불치)'다. 『삼국사기 백제 본기』에 나오는 문구로 한식을 가장 적확하게 설명한다. "검박하나 누추하지 않고, 화려하나 사치스럽지 않다". 『솜대리의 한식탐험』에 나오는 음식들이 그러하다. 우리 곁에서 쉽게 보는 식재료로 정성스러운 음식을 만든다. 남은 식재료를 쓰더라도 절대 누추하지 않다. 아주 그럴듯한 음식일지라도 조금도 사치스럽지 않다.

이제 시작이다. 첫 발자국을 떼는 이다. 새로 채울 보물창고가 널찍하다.

먼 길을 떠나는 '작가 솜대리'에게 도반으로서 뜨거운 축하를 전한다. 한식의 풍요로움이 시작되고 있다.

황광해(음식평론가)

내가 먹는 음식이 궁금했다. 왜 이런 이름으로 부를까, 왜 이렇게 먹을까 등등. 그래서 틈만 나면 내가 먹고 있는 음식들에 대해 찾아보곤 했다. 그런데 파스타, 피자, 커피, 와인 같은 외국 음식에 대해서는 정보가 많았지만 의외로 내가 자주 먹는 갈비, 불고기, 잡채 등 한식에 대해서는 읽을거리가 마땅치 않았다. 찾아보면 전혀 없는 건 아니었지만 학자들의 학술적인 이야기이거나 '자랑스러운' 우리 한식에 대한 자부심이 듬뿍 들어간 이야기가 많아 편하게 읽기엔 부담스러웠다. 나처럼 내가 먹는 음식에 대해 좀 더 알고 싶은 다른 사람들도 있으리라 생각했다. 그래서 직접 쓰기 시작했다. 나 같은 생각을 하는 사람들이 있을 테고, 어차피 공부할 내용이니 그들과 공유해 보자 싶었다. 한 달에 한 가지 음식을 정해서 공부하고 글로 정리했다. 그렇게 '솜대리의 한식탐험'이라는 이름으로 월간 칼럼을 쓰기 시작한 게 2017년 1월이었다.

이 책에 나오는 음식들은 보통 한식 하면 떠오르는 것보다 좀 더 다양하다. 우선 짜장면, 떡볶이 같이 전통적이지는 않지만, 우리 일상에 빼놓을 수 없는 음식들이 등장한다. 한식책에서 이 음식들을 다루는 게 어색한 사람들도 많겠지만, 한식을 한국에서 많이 먹는 한국식 음식이라고 정의한다면 이 음식들을 절대 빼놓을 수 없다. 오히려 한식을 말할 때 쉽게 떠올리지 않으며 간과하기 쉬운 음식이기 때문에 한식탐험에서 꼭 다뤄야 한다고 생각했다.

소시지, 올리브유 같은 식자재와 외국 음식도 등장한다. 이 음식들은 비슷한 한국 음식들을 함께 소개하기 위해 다뤘다. 식생활이 서구화되면서 젊은 세대들에게는 외국 음식이 오히려 한국 음식보다 친숙하게 느껴질 때도 있다. 그래서 올리브유와 참기름, 위스키와 전통 소주처럼 익숙한 외국 음식과 그와 비슷한 우리 음식을 함께 소개하며 보다 쉽게 우리 음식을 설명하고자 했다. 이런 음식을 다룬 데에는 다른 이유도 있다. 세계인의 시선으로 한국 음식을 바라보고 싶었다. 우리 음식에 대한 자료 조사를 하다 보면 '우리나라 고유의', '우리만의 독특한'이라는 표현들이 자주 등장한다. 하지만 막상 외국에 가보면 사용하는 재료나 세부 조리 방식이 다를 뿐 비슷한 음식을 먹고 있는 경우가 많다. 자식을 키울 때 무작정도 칭찬만 해 주면 안 되듯, 우리 음식도 더욱 균형 잡힌 시선에서 바라볼 필요가 있다고 생각했다.

책은 총 3부로 구성했다. 1부에는 한식인 듯 아닌 듯한 짜장면, 떡볶이 같은 음식들에 대해 다뤘다. 이 음식들이 어떻게 우리 음식 생활 속에 등장하게 되었으며 자리 잡게 되었는지 알아본다. 2부에서는 불고기, 잡채 등 보통 한식 하면 생각나는 음식들, 그 중에도 우리가 여전히 일상적으로 먹는 음식들에 대한 이야기다. 이 음식들을 어떻게 먹어 왔고 오늘날 어떻게 변해 가고 있는지를 다뤘다. 마지막 3부에서는 한식을 비롯해 그와 비슷한 외국 음식을 함께 다루며 다양한 각도에서 우리 음식을 조명한다. 각각의 칼럼은 독립적으로 구성되어 있다. 연달아 읽어도 좋고, 목차를 보고 원하는 부분부터 골라 읽어도 좋다.

이 책은 나의 일상을 둘러싼 음식에 대한 궁금증을 풀어 가는 탐험기다. 탐험은 즐거웠고, 맛있었다. 한 가지 음식에 대해 다양하게 먹어 보고 알아 가는 과정 자체가 참 행복했다. 이 글을 읽으시는 분들도 나와 같은 즐거움을 느꼈으면 한다. 가능한 한 이 책을 읽을 때는 글에 나오는 음식을 먹으면서 읽기를 추천한다.

아이를 낳고 백일이 지나서부터 이 책 초고를 준비했다. 책을 만드는 과정은 흔히 출산의 고통과 비견된다. 기본이 되는 콘텐츠가 있기는 했지만, 결코 쉽지는 않았다. 몸도 못 추스른 상황에서 책을 내겠다고 나서는 나를 적극적으로 지지하고 도와준 가족들에게 무한한 감사를 전한다.

목차

3부 한식으로 하는 세계 음식 탐험

한식인 듯 한식 아닌 한식 같은

1부

푸드 파탈, 떡볶이

   학창 시절 기억나는 음식 한 가지를 꼽으라면 단연 떡볶이다. 하굣길에 떡볶이집이 하나 있었는데 컵볶이만 먹든 떡볶이에 순대까지 먹든 아무튼 그냥 지나가는 일이 없었다. 하굣길에 먹는 것만으로는 모자라서 가끔은 급식 시간에 몰래 나가 라볶이를 사 먹기도 했다. 겨울이면 붕어빵이 떡볶이의 자리를 넘보곤 했지만 사철 간식인 떡볶이의 상대가 되지는 못했다. 이러한 떡볶이와의 추억은 대한민국에서 학창 시절을 보낸 사람이라면 누구나 가지고 있을 것이다. 요즘에는 핫도그와 각종 편의식이 강력한 라이벌로 등장하긴 했지만 떡볶이의 위상은 변하지 않고 여전히 학생들의 주요 간식이자 우리나라 길거리 음식의 대표주자로 자리매김하고 있다. 오히려 사회의 변화에 발맞추어 배달 서비스 제공, 인스턴트 식품화 등으로 그 저변을 더욱 넓히는 중이다.

   떡볶이는 떡과 어묵을 고추장 양념 푼 육수에 끓여 만든다. 이름과 달리 떡을 볶은 음식은 아니다. 실제로 기름에 떡을 볶다가 고춧가루 양념을 넣은 기름떡볶이가 있긴 하지만 주류는 아니다. 볶지 않는 떡볶이에 볶는다는 단어가 들어간 것은 조선 시대 떡볶이, 소위 말하는 궁중떡볶이에서 유래된 것으로 보인다. 궁중 떡볶이는 떡과 고기, 채소들을 간장 양념에 볶은 음식으로, 오늘날의 떡볶이보다는 떡이 들어간 잡채에 가깝다. 조선 시대의 떡볶이와 오늘날의 떡볶이는 맛과 모양은 많이 다르지만, 당시 익힌 재료와 떡을 마지막에 볶으면서 '볶이'라는 어미를 붙인 것이 지금까지 남은 것이 아닌가 추측된다.

보통 '떡볶이' 하면 떠오르는 음식은 1950년대에 들어서야 생겼다. 명확한 유래를 알기는 어려우나 가장 일반적인 이야기는 신당동떡볶이의 원조이자 '며느리도 몰라'라는 문구로 공전의 히트를 한 고추장 CF로 유명한 마복림 할머니가 발명했다는 설이다. 새로 연 중국집에 외식하러 간 할머니가 개업 기념이라며 받은 떡을 실수로 짜장면에 빠트렸는데 그 맛에서 착안해 떡볶이를 개발했다고 한다. 그래서인지 실제로 분식집 떡볶이에는 짜장면의 소스 재료, 춘장이 들어가는 경우가 많다. 그 후 할머니는 신당동에 떡볶이집을 차렸고, 슬슬 입소문을 타던 떡볶이는 70년대 한 방송에서 소개되며 전국적으로 알려졌다. 달콤하고 매콤한 맛과 저렴한 가격으로 한번 인기몰이를 한 이후부터 떡볶이는 지금까지 변함없는 인기를 끌고 있다.

오랫동안 대중의 사랑을 받은 음식인 만큼, 떡볶이의 종류는 다양하다. 짜장떡볶이, 크림떡볶이, 카레떡볶이, 궁중떡볶이, 국물이 자작한 국물떡볶이, 손님상에서 끓이기 시작하는 즉석떡볶이 등이 대표적이다. 떡볶이를 생각하면 가장 먼저 떠오르는 것은 달콤한 고추장 양념이지만, 떡볶이의 범주가 넓어지다 보니 일반적인 고추장떡볶이와 공통점을 찾기 힘든 떡볶이도 많다.

요즘에는 인스턴트 떡볶이도 다양하게 판다. 마트에 가면 소스와 떡이 함께 들어 있어 데우기만 하면 완성되는 레토르트 제품들을 쉽게 볼 수 있다. 편의점에서는 전자레인지에 돌려 먹는 컵 떡볶이 제품도 많이 팔고, 이 제품들의 맛도 아주 다양하다. 사람들의 변화하는 입맛에 맞춰 다양한 떡볶이가 등장했듯, 시장의 변화에 따라 다양한 인스턴트 떡볶이가 등장하고 있다. 세상이 변해도 떡볶이는 위축되기는커녕 이러한 변화에 발맞춰 진화해 나가고 있다.

떡볶이가 항상 꽃길만 걸어온 것은 아니다. 특히 2000년대 이후 떡볶이는 종종 논란의 대상이 되었다. 정부에서 한식의 세계

가장 일반적인 고추장떡볶이.

화를 꾀하면서 내내적인 떡볶이의 세계화를 추진했지만 큰 성과 없이 그쳤고, 웰빙 바람이 불면서 맛과 영양의 균형이 없는 정크 푸드라는 비난을 받았다. 업계에서는 이에 대한 논쟁도 많았고, 이를 해결하기 위해 떡볶이를 '개선'하고자 하는 노력도 있었다. 하지만 세계화, 웰빙과 반대되는 떡볶이의 자극적인 맛과 저렴한 가격이야말로 떡볶이의 핵심 요소다. 반드시 모든 음식이 외국에서 큰 인기를 끌고, 웰빙 음식의 기준에 맞춰야 할 필요가 있을까.

인터넷에서 '떡볶이 맛집'을 검색하면 수십 년 된 노포와 트렌디한 가게가 함께 나온다. 서로 다른 시대의 떡볶이가 한 시대에 공존하며 세대를 넘어서 사랑받고 있다. 이런 음식이 우리나라 음식 중 몇 가지나 될까.

나는 떡볶이의 세계화나 웰빙은 모르겠다. 그저 떡볶이가 먹고 싶을 때면 수십 년 된 떡볶이집이든 독특한 떡볶이를 파는 새로 생긴 집이든 골라서 갈 수 있어서 참 좋다. 그리고 가끔은, 다른 우리 음식들도 떡볶이처럼 다양하게 변주된 메뉴로 즐길 수 있으면 정말 좋을 텐데 싶다.

Tip 쌀떡과 밀떡의 차이

　가장 큰 차이는 식감이다. 쌀떡은 쫄깃하고 밀떡은 부드럽다. 학교 앞 분식집처럼 떡볶이를 오래 끓이면서 파는 경우 부드러운 밀떡은 풀어질 수 있지만 쌀떡은 그렇지 않다. 반면 밀떡은 양념이 더 잘 밴다는 장점이 있다.

　과거 쌀 대신 저렴한 밀가루를 이용해 떡볶이 떡을 만들면서 밀떡이 등장했다. 각각의 장단점이 뚜렷해서 어느 한쪽이 절대적으로 낮다기보단 취향 차이다. 그래서 분식집에서도 쌀떡과 밀떡 두 가지 떡볶이를 모두 파는 경우도 있다. 규모가 좀 있는 떡볶이 프랜차이즈의 경우 나름의 레시피로 쌀과 밀을 섞어서 독자적인 떡볶이 떡을 만들기도 한다.

한식의 대표 주자, 짜장면

중국에는 짜장면이 없다. 정말 없다. 종종 중국에 사는 중국인 친구들이 한국 드라마에서 짜장면 먹는 장면을 보고 짜장면이 먹고 싶다고 연락을 해 올 정도다. 베이징, 상하이 등 대도시에 사는 친구들은 그래도 한국 음식점에 가면 짜장면을 먹을 수 있지만 다른 지역에 사는 친구들에게는 그림의 떡이다. 한국에서는 중국 음식점, 중국에서는 한국 음식점에서 먹는 짜장면. 대체 짜장면의 정체는 뭘까?

짜장면은 중국식 면 요리로 춘장, 고기, 채소를 볶다가 물과 전분을 넣어 걸쭉하게 짜장 소스를 만든 후 면에 비벼 먹는 음식이다. 굳이 설명이 필요 없을 만큼 일상적인 음식이다. 하지만 높은 인지도에 비해 짜장면의 역사는 매우 짧다. 짜장면이 지금의 모습을 갖추게 된 것은 60여 년밖에 되지 않았다.

짜장면은 중국 산둥성과 베이징의 면요리, 자장미엔(炸醬面)

의 영향을 받았다. 자장미엔은 콩과 밀가루로 만든 중국식 된장, 티엔미엔장(甜面酱)에 고기를 볶아 소스를 만들고, 이 소스를 면에 비벼 먹는 음식이다. 짜장면의 조상이라고는 하나 짜장면과는 아주 다르다. 춘장이 아닌 티엔미엔장으로 만든 소스는 검은색이 아닌 갈색이다. 걸쭉함이라고는 전혀 없이 다진 고기볶음에 가깝고 단맛도 전혀 없어 굉장히 짜다. 별 생각 없이 한 입 크게 먹었다가는 짠맛에 몸서리칠 수 있다. 자장미엔을 처음 먹는다면 조금씩 조심스럽게 접근하길 바란다.

이런 자장미엔이 우리나라에 처음 들어온 건 19세기 후반, 개항기 때다. 인천 제물포에 중국인 조계지가 생기면서 중국인들이 많이 들어왔고 이때 자장미엔도 함께 들어왔다. 처음에는 조계지 내 중국인 노동자들을 대상으로 한 길거리 음식이었지만 점차 우리나라 사람들도 먹기 시작했다. 이 과정에서 노점이 아닌 식당에서도 짜장면을 팔기 시작했다. 인스턴트 짜장면 브랜드이기도 한 공화춘은 우리나라에서 처음으로 짜장면을 판 식당

간짜장. 소스와 면이 따로 나오고 소스에 부재료가 많이 들어간 것이 특징이다.

이다. 짜장면이라는 이름이 붙은 것도 이 무렵이다. 자장미엔이란 중국어가 한국 사람들 입에 오르내리면서 짜장면으로 바뀌었다.

하지만 이때의 짜장면은 여전히 중국의 자장미엔에 가까웠다. 짜장면이 지금의 형태를 갖추고, 지금 같은 인기를 얻게 된 것은 한국전쟁 이후의 일이다. 전후 사회의 변화는 짜장면에도 큰 영향을 미쳤다. 한국전쟁 후 화교의 경제적 영향력이 커지는 것을 우려한 정부는 화교들의 토지 소유와 사회진출을 제약했다. 이 규제 때문에 그전까지 농업이나 무역에 종사하던 많은 화교가 생업을 잃고 중국음식점을 차리기 시작했다. 1948년 332개였던 중국음식점은 1964년 2,307개로 크게 늘었다.[1] 한국인을 대상으로 영업을 하는 곳이 늘어나면서 중국음식점들은 짜장면을 한국인들 입맛에 맞춰 바꾸기 시작했고, 이 과정에서 단맛이 강하고 걸쭉한 소스의 짜장면이 탄생했다.

또한 혼분식 장려운동과 정부의 물가 안정 정책도 짜장면의 대중화에 영향을 미쳤다. 우리나라는 전후 약 30년간 미국에서 식량 원조를 받았는데, 그중 핵심 품목이 밀가루였다. 밀가루가 흔해지자 정부는 부족한 쌀의 수요를 제한하고, 밀가루 소비를 진작하기 위해 혼분식 장려운동을 실시했다. 수요일과 토요일은 무미일(無米日)로 지정해 식당에서 쌀로 만든 음식을 팔지 못하게 했고, 언론에서도 적극적으로 밀가루 음식 소비를 장려했다. 이러한 사회적 환경과 값싼 밀가루 가격은 짜장면의 대중화

1 『한국 화교의 種族性』, 박은경, 1986

에 혁혁한 공을 세웠다. 짜장면이 점차 대표적인 외식 메뉴로 자리 잡자 정부는 물가 안정 정책의 일환으로 짜장면 가격을 통제했다. 이 과정에서 일부에서는 짜장면 품질 하락 등의 이슈도 있었으나, 결과적으로 이 정책이 짜장면을 보편화하는 데 큰 역할을 했다.

하지만 6, 70년대까지 짜장면은 여전히 특별한 음식이었다. 외식 자체가 드물던 시절, 짜장면은 졸업식이나 생일 같은 날에만 먹을 수 있었다. 그렇게 외식 문화가 형성되던 초창기 사람들의 뇌리에 강하게 자리 잡은 짜장면은 외식 문화의 확산으로 그 위치를 더더욱 공고히 했다. 지금 짜장면은 옛날만큼 특별한 음식은 아니지만, 우리 삶에 깊게 녹아 든 음식이다. 이사할 때, 당구장에서 음식을 시켜 먹을 때, 햇빛 좋은 날 대학 캠퍼스에서 친구들이랑 둘러앉아 음식을 시킬 때, 짜장면은 결코 빠지지 않는다.

국민적인 사랑을 받는 음식인 만큼 종류도 아주 다양하다. 간짜장은 마른 짜장이란 뜻이다. 일반 짜장은 소스에 물과 전분을 넣어 걸쭉하게 만들지만 간짜장에는 물을 넣지 않는다. 대신 고기와 채소를 듬뿍 넣어 소스 건더기가 일반 짜장보다 더 많다. 삼선짜장은 해산물이 많이 들어간 짜장면이다. 삼선이라는 단어가 들어가면 해산물이 들어갔다고 생각하면 된다. 삼선짬뽕, 삼선우동도 마찬가지다. 쟁반짜장은 소스와 면을 함께 볶는 것이 특징이다. 유니짜장은 재료를 모두 잘게 갈아서 춘장에 볶아 만들어 어린이나 노인 분들이 먹기 편하다. 짜장면 종류가 이토록 다양한 건 정부가 오랫동안 가격 통제를 해 왔기 때문이라는 분석도 있다. 짜장면의 가격을 못 올리니 대신 짜장면의 프리미엄 버전을 만들어 가격을 올린 효과를 꾀했다는 것이다.

워낙 보편적인 음식이다 보니 일찍부터 인스턴트 제품도 많이 나왔다. 선도주자는 1980년대 출시한 짜파게티다. 이외에도 짜왕, 진짜장, 팔도 짜장면, 갓짜장 등 여러 제품이 계속해서 출시되고 있다. 짜파구리(짜파게티+너구리)가 나온 영화 『기생충』이 세계적인 화제가 되면서 짜장라면도 덩달아 해외에서 관심을 끌었다.

문화관광부는 짜장면을 한국 문화를 대표하는 100대 민족문화 상징으로 선정했다. 비록 그 시작은 우리나라가 아니었지만 오늘날 짜장면은 누가 뭐라 해도 우리 음식의 대표주자다.

인스턴트 짜장라면.

Tip 짜장면 맛있게 먹기

    흔한 방법이지만 고춧가루를 살짝 뿌리면 고춧가루의 은은한 매운맛이 짜장면의 느끼함을 잡아줘서 보다 깔끔한 맛을 즐길 수 있다. 배달시켜 먹을 때도 고춧가루를 따로 요청하면 받을 수 있다.

    식초를 살짝 뿌려 먹어도 좋다. 중국집을 하는 친구에게 배운 방법인데, 식초를 몇 방울 더하면 짜장면의 감칠맛이 엄청나게 올라온다.

노점에서 백화점까지, 어묵

일본어인 오뎅 대신 어묵이라고 부르자고 한다. 하지만 지금까지 먹은 오뎅 꼬치가 너무 많은지 쉽지가 않다. 의식하지 않으면 나도 모르게 오뎅, 오뎅 한다. 사실 오뎅은 일본어로도 잘못된 말이다. 일본어로 어묵은 '가마보코(蒲鉾)'이고, 오뎅은 어묵이 아니라, 어묵으로 끓인 탕이다. 처음에는 어묵을 오뎅이 아닌 가마보코라고 불렀다고 한다. 우리나라에서는 주로 어묵을 꼬치에 끼워 푹 끓인 탕으로 먹다 보니 점차 어묵을 오뎅이라 부르게 되었으리라고 본다.

어묵탕(오뎅)이라는 요리명이 어묵(가마보코)이라는 식자재명을 대신할 만큼 어묵은 대부분 꼬치 어묵으로 먹어 왔다. 이런 꼬치 어묵은 주로 노점에서 간식으로 먹는다. 저렴한 가격으로 배도 채우고 뜨끈한 국물로 속도 녹일 수 있으니 이만큼 가성비 좋은 음식도 드물다.

길거리 분식집에서 파는 어묵.

　이런 어묵이 최근 급격한 변화를 겪고 있다. 길거리 음식의 대명사였던 어묵을 백화점 지하 식품관 안의 별도 매장에서 판매하는 경우가 늘었다. 백화점 지하 식품관은 고급 간식과 디저트의 각축장으로, 노점이나 분식집과는 가장 반대되는 분위기의 장소다. 대체 무슨 일이 일어나고 있는 걸까?

　어묵은 생선으로 만든 묵이라는 뜻이다. 으깬 생선살을 밀가루 등과 반죽해 익힌 음식이다. 일본어인 오뎅으로 흔히 불리는 데서 유추할 수 있듯 일본에서 전해졌다. 불교가 국교였던 일본은 오랫동안 육식을 금지했는데 이 기간에 생선 요리가 크게 발달했다. 어묵은 그때 발달한 생선요리 중 하나다. 일제 강점기 때, 일본인이 한국에 어묵 공장을 세우면서 어묵이 전해졌다.

　일제 강점기 때부터 어묵 공장은 부산에 많았다. 어시장이 발달해 재료 수급이 수월했기 때문이다. 최초의 한국인 어묵 공장도 부산에 생겼다. 일본인이 운영하던 부산의 한 어묵 공장을 해방 후 그 공장의 한국인 직원이 이어받았다. 그것이 바로 지금도 이름을 유지하고 있는 동진식품이다. 이후 주변으로 꾸준히 어묵 공장들이 늘어났다. 그렇게 생산량을 늘려 가던 부산은 한국전쟁을 거치며 우리나라 어묵의 대표 생산지로 자리잡았다. 부산으로 모인 피난민들에게 어묵은 저렴한 단백질 공급원이었다. 덕분에 수요가 폭발적으로 늘었고 공급도 덩달아 늘었다. 한번 들인 입맛은 쉽게 변하지 않는다. 한국전쟁을 기점으로 어묵은 우리 먹거리로 견고히 자리 잡았고 부산은 한국 어묵의 수도가 되었다.

피난민을 위한 음식으로 처음 자리 잡은 음식인 만큼 어묵은 줄곧 서민의 음식이었다. 누구나 부담 없이 사 먹을 수 있도록 생산 업체에서도 경제적인 방식으로 어묵을 만들어 왔다. 초기 어묵은 제값을 받고 팔기 힘든 치어(새끼 생선), 어시장에서 손질하고 남은 생선 부위를 맷돌에 갈아 반죽한 다음 여기에 콩비지를 섞고 고래 기름이나 전갱이 기름에 튀겼다. 여러 생선살을 섞어 만든 값싼 냉동 어육이 수입되고 밀가루와 식용유 값이 저렴해지면서부터는 냉동 어육에 밀가루를 섞고 식용유에 튀겨 만든다.

대부분 어묵은 값싼 식자재로 쓰였다. 학생들도 부담 없이 사 먹을 수 있는 길거리 어묵꼬치, 급식 어묵볶음 등으로 주로 사용되었다. 어떤 어묵은 원가를 낮추기 위해 밀가루를 너무 많이 넣어 탕으로 만들면 금세 흐물흐물하게 풀어지기도 했다. 가정용

중에는 어육 함유량을 조금 높이고 몇 가지 첨가물을 빼서 고급화를 꾀한 것도 있었지만 사실 큰 차이는 없었다.

그러던 어느 날 프리미엄 어묵 전문점이 생겨났다. 처음 이런 어묵 전문점을 들어갔을 때의 기억이 생생하다. 상호는 '××어묵'인데 들어가 보니 빵집 같았다. 꼬치와 헤어지고 물 밖으로 나온 어묵이 진열대에 가지런히 놓여 있었다. 트레이와 집게를 들고 진열대 위 어묵을 골라 담는 시스템이었다. 포장해 갈 것은 전용 상자에 예쁘게 담아 줬고 바로 먹을 치즈 어묵은 상호가 찍힌 종이에 담아 줬다. 튀긴 지 얼마 안 되었는지 종이에 담긴 어묵이 뜨끈뜨끈했다. 한 입 베어 무니 은은한 생선 맛과 치즈 맛이 잘 어우러졌다. 빵집에서 갓 구운 빵을 사 먹는 것만 같았다.

이러한 변화는 어묵 업체들의 적극적인 고급화 전략에 따른 것이다. 새로운 성장 동력을 찾기 위해 여러 방면에서 차별화와 프리미엄화가 이루어졌다. 밀가루 비율을 낮추고 생선살 비율을 높였다. 여러 생선살이 섞인 냉동 어육 대신 특정 생선의 살로 만든 어묵을 내기도 하고, 어묵에 치즈와 고추 등의 부재료를 넣어 다양한 맛을 출시하기도 했다. 반죽을 익히는 음식이라 성형이 쉬운 어묵의 장점을 살려 모양도 다양하게 만들었다. 맛에 따라 모양을 다 달리하기도 하고 아예 어묵으로 면을 만들기도 했다. 이렇게 만든 고급 제품을 전처럼 일반 시장에 팔 수는 없으니 프리미엄 매장을 따로 내고 빵처럼 예쁘게 진열해 팔았다. 그 야말로 어묵의 재탄생이었다. 그러자 사람들의 어묵을 보는 시선이 달라졌다. 부산역에 입점한 어묵 전문점은 부산역에 가면 꼭 들러야 하는 명소로 거듭났고, 백화점 식품관에도 어묵 전문점들이 입점했다.

이러한 어묵 산업의 변화는 수치로도 증명된다. 최근 십 년간 어묵 산업은 일자리, 매출, 수출액 모두 약 2배씩 성장했다. 몇몇 선도 업체의 변화와 성장세를 보고 다른 업체들도 변화의 물결에 동참하고 있다. 정부도 이런 변화를 응원하고 나섰다. 장기적인 어묵 산업 발전 방안을 내놓고 적극 지원하겠다는 입장이다.[2] 지속적인 성장을 위해서는 수성만으로는 안 된다. 계속해서 새로운 매력을 보여 줘야 한다. 이미 엄청난 변화를 보여 준 어묵이다. 앞으로 어떤 변화를 더 보여 줄 수 있을지 궁금하다.

백화점 식품관의 프리미엄 어묵집.

2 해양수산부 보도자료 『해양수산부, 「어묵산업 발전방안」 수립·발표』,
   https://www.gov.kr/portal/ntnadmNews/1713386, 2018

어묵은 화이트 와인과 잘 어울린다. 익히 알려진 것처럼 생선과 화이트 와인은 찰떡궁합이다. 그러니 생선살로 만든 어묵과 화이트 와인이 안 어울릴 리 없다. 묵직한 종류보다는 산뜻한 종류가 좋다. 호주, 칠레 등 신대륙에서 생산된 부담스럽지 않은 가격의 소비뇽 블랑 등이 적당하다.

달지 않은 스파클링 와인과도 잘 맞다. 어묵의 느끼한 맛을 맥주의 청량감과 쌉쌀함이 잘 잡아 주는 것과 같은 이치다. 화이트 와인이든 스파클링 와인이든 반드시 달지 않은 종류여야 한다.

너무나도 한국적인 맛, 부대찌개

부대찌개를 자주 먹게 된 건 대학교 1학년 때부터다. 어두컴컴한 지하 주점에서 무슨 맛인지도 모르고 선배들이 주는 소주를 들이켤 때마다 안주는 항상 부대찌개였다. 칼칼하고 뜨끈뜨끈한 국물은 소주 안주로 좋았고 무엇보다도 싸고 양이 많았다. 공깃밥 몇 개만 시키면 저녁도 해결되니 주머니 부담도 덜해 대학 시절 내내 어지간히 먹었다. 그렇게 먹고도 질리지 않았는지 사회인이 되고도 자주 부대찌개를 찾는다. 주머니 사정은 그때보다 나아졌지만 이미 부대찌개의 맛에 중독이 된 모양이다. '오늘 점심엔 뭐 먹을까?' 하면 김치찌개, 중국집과 함께 꼭 부대찌개 얘기가 나온다.

매일 같이 먹는 음식이지만 재료를 면면히 살펴보면 좀 낯설다. 햄, 소시지, 치즈, 그리고 베이크드빈스(통조림 콩)까지 한식에는 좀처럼 쓰이지 않는 재료들이다. 특히 베이크드빈스는 부대찌개 밀고는 우리 음식에 쓰이는 일이 거의 없다.

하지만 그 맛은 낯설지 않다. 부대찌개의 칼칼하고 얼큰한 국물은 김치찌개, 육개장, 매운탕 등 우리나라 다른 국물 요리와 유사하다. 국물 맛을 내는 재료가 고춧가루, 마늘 등으로 같고 부대찌개에 들어간 이국의 재료들이 그 맛을 강화하는 역할을 해 주기 때문이다. 매운맛은 기름에서 잘 우러나기 때문에 햄과 소시지에서 나온 기름기는 고추의 매콤함을 더 얼큰하게 풀어 주고, 라면과 치즈는 국물을 더 기름지고 걸쭉하게 해 준다. 베이크드빈스마저 김치의 새콤함을 더해 주는 역할을 한다. 한국인 입맛에 부대찌개가 딱일 수밖에 없다. 거기다 가격도 저렴하니 인기가 좋을 수밖에 없다.

얼큰하고 뜨끈뜨끈한 부대찌개를 마다할 사람은 정말 드물다.

부대찌개는 한국전쟁 직후 미군 부대 지역에서 시작됐다. 부대 인근 식당들에서 미군에서 흘러나온 햄, 소시지 등으로 찌개를 끓여 냈고, 부대에서 나온 고기를 썼다고 부대찌개라는 이름이 붙었다. 미군의 잔반을 끓인 꿀꿀이죽에서부터 시작했다는 설도 있으나 정확한 계보는 알 수 없다. 초기에는 재료 수급이 수월했던 미군 주둔지 인근, 의정부, 동두천, 평택(송탄) 등에서 주로 먹었다.

부대찌개가 전국구 음식이 된 것은 1980년대부터다. 이때부터 재료 수급도 수월해지고 시장 수요도 늘었다. 재료 수급이 쉬워진 것은 국산 육가공 제품의 등장 덕분이다. 80년대 이전의 부대찌개는 외국산 햄과 소시지를 사용했기 때문에 재료 수급이 쉽지 않았다. 당시에도 국내에서 햄, 소시지가 생산되기는 했지만 대부분 고기가 아닌 어육으로 만든 제품이었다. 사실상 어묵이었던 셈이다. 밀가루 함유량이 높은 어묵을 오래 끓였을 때처럼 이런 제품으로 부대찌개를 끓이면 흐물흐물해져서 제 맛이 나지 않았다. 하지만 80년대부터 대기업들이 본격적으로 육가공 시장에 뛰어들고 경제 사정도 나아지며 고기로 햄과 소시지를 만들기 시작했다. 덕분에 부대찌개도 더는 외국산 햄, 소시지에만 의존하지 않아도 되게 되었다. 그 무렵 경제성장에 따라 80년대 후반부터 본격적으로 외식문화가 발달하기 시작했다. 외식 시장 전체가 급격히 성장했고, 부대찌개도 이에 발맞추어 널리 확산됐다.

부대찌개는 크게 의정부식과 송탄식으로 나뉜다. 두 지역 모두 미군 주둔지가 있어 부대찌개의 역사가 길다. 의정부식은 국물이 맑고 깔끔하다. 햄과 소시지가 들어간 김치찌개 같은 느낌이다. 반면 송탄식은 진한 육수를 쓰고 햄과 소시지도 많이 들어가 맛이 전체적으로 묵직하다. 요즘에는 의정부나 송탄식을 따르기보다는 독자적인 레시피를 내세우는 식당도 많다. 주로 토마토 육수, 족발, 고급 소고기 안심 같은 새로운 식자재를 넣어 차별화한다.

어느 도시를 가든 부대찌개 집은 있다. 그만큼 부대찌개는 우리 일상에 깊게 자리 잡은 음식이다. 간편식 시장에서도 빠질 수 없다. 시장에는 끓이기만 하면 완성되는 간편식 부대찌개도 많이 나와 있다. 햄과 소시지 생산이 증가하고 있는데 여기에는 간편식 부대찌개의 판매 증가가 톡톡히 역할을 한 것으로 보인다.[3] 지난 2016년에는 주요 라면 회사들이 앞다투어 부대찌개 라면을 내놓기도 했다.

한창 육가공 식품의 위험성이 논의되었을 때 부대찌개 섭취를 줄여 보려 한 적이 있다. 하지만 결과는 작심삼일. 부대찌개의 벌건 육수가 이미 내 몸속에 피처럼 흐르고 있는 모양이다.

---

3 2016년 대비 2017년 각각 생산량이 20.1%, 21.7% 증가하였다.
(한국농수산식품유통공사, 「2018 가공식품 세분시장 현황-햄/소시지류 시장」, 2018)

개인적인 느낌일지 몰라도 요즘 부대찌개는 전에 비해 햄 양이 부쩍 줄었다. 그래서 햄 사리를 추가해 먹는 경우가 많아졌다. 소소한 팁이지만 햄 사리를 추가하려면 꼭 처음부터 추가하자. 부대찌개 육수 맛은 대부분 햄에서 나오기 때문에 처음부터 햄 사리를 추가하면 더욱 진한 육수를 즐길 수 있다.

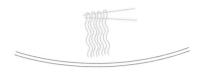

변화의 아이콘, 라면

컵라면은 해외여행의 필수품이다. 평소 외국 음식을 좋아하는 사람도 오래 외국에 있다 보면 슬슬 얼큰한 국물이 당긴다. 새로운 음식을 경험하길 좋아하는 나도 외국에 갈 때면 컵라면 하나는 꼭 챙긴다. 한 달간 해외여행을 가면서 컵라면을 안 챙겼다가 뼈저리게 후회했던 경험 때문이다. 여행을 시작한 지 며칠 만에 칼칼한 국물이 그리워져서 한 달 내내 혼났다. 그때부터는 외국 나갈 때마다 컵라면은 필수 준비물이 되었다. 어떨 때는 컵라면이 트렁크에 들어 있다는 사실 하나만으로도 마음이 든든하다.

한국인에게 라면은 정말 중요한 존재다. 해외에 나갈 때, MT 갈 때, 집에 비상식량으로 라면은 필수품이다. 그만큼 많이 먹는 음식이기도 하다. 한국의 인당 연간 라면 소비량은 74.6개로 압도적인 세계 1위다(2위는 베트남으로 53.9개).[4] 한 사람당 평

4 세계 라면 협회, 2018년 기준.

균 일주일에 1.4개의 라면을 먹는 셈이다. 라면을 못 먹는 어린 아이들을 제외하면 인당 라면 소비량은 더 늘어난다.

얼큰한 국물 요리를 간편하게 만들 수 있다는 점이 라면의 가장 큰 매력이다. 한국인에게는 얼큰한 국물 요리가 필수지만 국물 요리는 기본적으로 손이 많이 간다. 보이지 않는 육수 재료 손질부터 시작해야 한다. 하지만 라면이라면 말이 다르다. 끓는 물에 가루 수프와 면만 넣으면 된다. 요리하기 귀찮거나 어려운 상황에 안성맞춤이다. 실제로 라면은 주말 점심에 간편한 한 끼 음식으로 먹는 경우가 가장 많다는 설문조사 결과도 있다.[5]

라면이 처음부터 간편한 음식이었던 건 아니다. 라면의 조상은 중국의 라미엔(拉麵, 납면)이다. 끌 납(拉)자를 쓴 데서 미루어 짐작할 수 있듯 손으로 잡아 늘여 만든 면이다. 특정한 음식이 아니라 소면, 칼국수 같은 면의 종류 중 하나를 일컫는 말이다. 우리나라 중국집에서 볼 수 있는 수타면도 라미엔의 일종이다. 밀을 주식으로 하는 중국 서북부 지방의 음식이다. 19세기 후반 중국인들의 일본 이주가 많아지면서 라미엔도 함께 일본으로 전파되었다. 라미엔은 이내 노점에서 간편하게 먹을 수 있는 음식으로 일본 전체로 퍼져 나갔고, 그 과정에서 일본 사람 입맛에 맞게 변화하면서 지금의 라멘이 되었다. 그리고 이 라멘이 인스턴트화된 것이 라면이다. 1958년 일본 닛신식품에서는 라멘의 면을 튀겨서 오랫동안 보관할 수 있는 기술을 발명했고 이를 기반으로 인스턴트 라멘을 개발했다. 이후 많은 일본 식품기업

---

5 한국농수산식품유통공사, 「2017 가공식품 세분시장 현황–라면 시장」, 2017

에서 인스턴트 라멘을 만들었고, 이 중 묘조식품의 기술을 빌려와 1963년에 출시한 것이 우리나라 최초의 라면, 삼양라면이다.

초기 라면은 지금과는 전혀 달랐다. 국물 맛은 일본 라면 국물 맛을 그대로 따라 맵지 않은 닭고기 맛이었다. 심지어 가루 수프가 따로 없고 면에 간이 되어 있는 형식이었다(일본에는 아직도 이런 식의 인스턴트 라면을 판다).

야심차게 들여온 라면이었지만 처음에는 그다지 인기를 얻지 못했다. 그 당시 사람들에게는 꼬불꼬불한 면도 낯설었고 가격도 비쌌다. 하지만 무료 시식회 등 삼양라면의 적극적인 홍보와 마케팅으로 서서히 인기를 끌기 시작했다. 시기도 좋았다. 라면이 도입된 60년대에는 정부에서 쌀의 소비를 억제하고 남아도는 밀가루 소비를 촉진하기 위해 적극적으로 혼분식 장려정책을 펼치고 있었다. 라면은 이 정책의 핵심 품목으로 적극적인 지원을 받았다. 폭발적인 인기를 끈 라면은 60년대 내내 두세 자리의 연간 성장세를 기록했다. 이 과정에서 다른 식품 기업들도 적극적으로 라면 산업에 뛰어들었다. 그리고 이내 라면은 한국인의 식생활에 깊숙이 자리 잡았다.

대중적인 인기에 힘입어 라면은 꾸준히 그 저변을 넓혀 왔다. 얼마 전까지만 해도 신라면을 필두로 한 매콤한 소고기 맛 라면이 시장에서 절대 우위를 차지했지만 요즘에는 다양한 맛의 라면이 번갈아 가며 그 아성에 도전하고 있다. 시작은 2011년 출시한 꼬꼬면이었다. 매운 닭고기 맛 육수로 큰 인기를 끌며 품귀현상까지 빚었다. 2015년부터는 중식 라면 열풍이 불었다.

2015년에는 프리미엄 짜장라면 짜왕이 히트하면서 여러 업체가 너도나도 짜장라면을 내놓았고, 2016년에는 중식 열풍을 이어 프리미엄 짬뽕라면들이 연달아 나왔다. 비빔면의 흥행도 만만치 않다. 삼양의 불닭볶음면이 큰 인기를 끌면서부터다. 삼양에서는 핵불닭볶음면, 까르보나라 맛 등 다양한 변형 제품을 내놓았고, 다른 업체들에서도 리얼 치즈라면, 양념치킨 라면 등 다채로운 종류의 비빔면을 출시했다. 한식을 응용한 라면들도 많아져서 쇠고기미역국 라면, 멸치칼국수 라면 등이 판매되고 있다.

아예 면의 형태를 바꾼 건면도 인기다. 시중에 유통되는 라면의 대부분은 튀겨 만든 유탕면이다. 유탕면은 튀기는 과정에서 표면에 미세한 구멍들이 생겨 국물이 잘 스민다. 반면, 건면은 말려 만든 면인데, 면에 맛은 조금 덜 밸 수 있지만 칼로리가 상대적으로 낮고 식감이 쫄깃하다.

건면은 오랫동안 관심 받지 못했지만 2019년 출시된 신라면 건면이 인기를 끌면서 건면 시장이 부쩍 성장하고 있다. 짜왕, 불닭볶음면도 건면 제품을 출시했고, 다른 업체들에서도 건면 라인업을 강화, 확대하고 있다.

라면의 위상은 견고하다. 웰빙 열풍과 간편식, 배달 음식과 같은 대체재 시장의 확대로 성장세는 주춤하지만 여전히 2조 원의 시장 규모를 유지 중이다. 앞서 얘기한 건면은 아직 규모는 작을지언정 꾸준히 두 자릿수의 성장을 하면서 라면 시장의 새로운 성장 동력이 되고 있다. 라면은 해외 시장에서도 큰 인기다. 신라면은 미국 월마트 전 지점에 입점했고, 다른 우리나라 라면들도 미국, 중국, 호주, 대만, 일본 등 세계 각지에서 판매된다. 특히 최근에는 코로나19로 집에서 보내는 시간이 늘고, 영화『기생충』을 비롯해 한국 라면이 등장하는 콘텐츠들이 해외에서 인기를 끌면서 우리나라 라면의 국내외 매출이 크게 늘었다.

대만 대형 마트의 한국 라면 코너.
마치 한국 마트의 라면 코너를
보는 듯하다.

라면을 둘러싼 요소 중 변치 않는 건 라면의 인기뿐인 것 같다. 어떤 음식이든 변화를 겪기 마련이지만 라면의 변화는 유다르다. 손으로 잡아 늘인 중국의 면 요리가 면보다는 육수가 중요한 일본의 라멘으로, 인스턴트 라멘으로, 한국의 라면으로 끊임없이 변해 왔다. 요즘은 종류가 다양해져 라면이라는 카테고리의 정의도 어려울 지경이다. 앞으로 십 년, 이십 년 후의 라면은 과연 어떻게 변할지 기대된다.

Tip 라면에는 찬밥

라면에는 찬밥이다. 찬밥에 라면 국물이 더 잘 밴다. 찬밥은 식으면서 수분이 날아가 표면이 거칠고 말랐다. 덕분에 라면 국물을 쭉쭉 잘 흡수한다.

반면 따뜻한 밥은 자체의 수분이 충분하기 때문에 라면 국물을 흡수하기는커녕 오히려 삼투압 현상을 통해 라면 국물에 밥 속수분을 내보낸다. 밥에 라면 국물이 잘 안 밸 뿐 아니라 국물 맛도 텁텁해진다.

음식을 넘어 문화가 되다, 치맥

여름은 치맥의 계절이다. 해가 지고 바람이 선선하게 불어 산책이나 할까 하고 나서면 발 닿는 곳마다 치맥하는 사람들이 있다. 길거리 치킨집, 공원 잔디밭, 심지어 엘리베이터에서 만난 이웃집 아저씨 손에도 치맥이 들려 있다. 어제 먹었으니 오늘은 자제할까 싶다가도 사방에서 치맥을 즐기는 모습을 보다 보면 나도 모르게 치맥을 하게 된다.

치맥, 즉 치킨과 맥주의 조합은 이제 우리 생활 속 아주 깊이 자리 잡아 단순한 음식의 조합 그 이상이 되었다. 치맥이라는 단어만 잘 살펴도 알 수 있다. 보통 음식명에는 뒤에 '먹다'라는 동사를 붙여 쓰지만 치맥은 그 자체가 하나의 의미 단위가 된다. '치맥 먹다'가 아닌 '치맥하다'라고 한다. 심지어 치맥이라는 단어는 외국에서도 통용된다. 구글에서 'ChiMac(치맥)'을 검색하면 한국의 치맥에 대한 정보들이 검색될 정도이다. 대체 이런 치맥

열풍은 어떻게, 왜 시작된 걸까?

치킨과 맥주 모두 서양에서 유입된 음식인 만큼 치맥의 역사는 길지 않다. 치킨은 한국전쟁 이후 주한 미군을 통해 그 존재를 알렸다. 하지만 전쟁 후 가난했던 50년대에는 닭도, 닭을 튀길 기름도 넉넉지 않아 치킨이 대중화되기까지는 한참이 걸렸다. 60년대 양계산업이 활성화되고, 70년대 식용유가 대량 생산되면서 대중들도 치킨을 사 먹을 수 있게 되었다. 우리나라 치킨의 초기 형태는 기름에 통째로 튀긴 닭이었다. 소위 말하는 옛날 통닭이다. 70년대에는 최초의 치킨 프랜차이즈인 림스치킨이 등장하는데, 백화점 지하에 입점한 상당히 고급 음식점이었다.

80년대에는 경제가 발전하면서 치킨이 더욱 널리 퍼지게 됐다. 양념치킨이 탄생한 것도 이때다. 고추장과 물엿, 잼 등을 활용한 양념치킨은 매콤달콤한 맛으로 대중을 사로잡았다. 페리카나치킨 등 치킨 프랜차이즈 업체들은 이 시기에 치킨을 기반으로 크게 성장했다. 90년대에는 드디어 바삭하고 도톰한 튀김옷을 입은, 소위 '크리스피 프라이드치킨'이 등장한다. 80년대, KFC를 통해 우리나라에 소개된 이 치킨은 90년대 BBQ치킨이 이를 대표 메뉴로 삼고 전국적으로 지점을 확장하면서 대중화되었다.

역사가 짧은 건 맥주도 마찬가지다. 맥주 공장이 처음 생긴 것은 일제 강점기 때였다. 일본 맥주 회사인 대일본맥주와 기린맥주가 식민지 조선에 맥주 공장을 설립했다. 해방 후 이 공장들이 민간에 매각되면서 각각 동양맥주(현 오비맥주), 조선맥주(현 하이트진로)가 되었다. 처음에 맥주는 소수만 향유할 수 있는 비싼 술이었지만 7~80년대 소득 수준이 올라가고 80년대 맥주 가격도 저렴해지면서 오늘날처럼 대중적인 술이 되었다.

80년대 치킨과 맥주가 모두 보편화되면서 두 음식이 엮이기 시작했다. 두 음식의 조합은 원체 좋았다. 맥주의 탄산과 씁쓸함은 치킨의 기름기를 잘 잡아 준다. 치킨을 먹다 기름지다 싶으면 맥주로 입 안을 깔끔하게 해 주고, 맥주를 마시다 입과 손이 허전해지면 치킨을 먹으며 채운다. 이렇게 두 가지를 번갈아 가며 먹다 보면, 치킨만 먹거나 맥주만 먹을 때보다 치킨도 맥주도 더 많이 먹을 수 있다.

그리고 두 음식은 찾는 상황도 비슷하다. 둘 다 더운 여름 야외에서 먹기 딱 좋다. 맥주는 보통 야외에서 혹은 더운 날 시원한 청량감으로 많이 찾는다. 대개 이런 상황에서 펄펄 끓는 국물 안주나 갓 볶아낸 볶음 안주는 먹기 어렵다. 과자나 마른안주와 먹을 수도 있지만 뭔가 허전하다. 이럴 때 배달도 잘 되고, 식어도 맛있으며, 간단히 집어 먹을 수 있는 치킨은 안성맞춤이다. 이렇게 조합이 좋으니 치킨과 맥주를 함께 파는 곳은 순식간에 늘어났다. 맥주집, 치킨집, 스포츠 경기장까지, 모두 치맥을 팔았다.

자연스레 곁들여 먹던 치킨과 맥주가 지금처럼 절대 조합이 된 것은 2002년 월드컵 때부터다. 모두 함께 모여 경기를 볼 때, 시원한 맥주는 넘치는 열기를 시원하게 식혀 줬고 손쉽게 먹을 수 있는 치킨은 열띤 응원의 원동력이 되었다. 치맥은 그해 여름의 필수품이었다. 그때부터 치맥이라는 단어는 모르는 사람이 없어졌고, 여름밤의 치맥은 하나의 문화 현상처럼 자리 잡았다. 심지어 치맥 페스티벌도 생겼다. 2013년부터 대구에서 시작된 치맥 페스티벌은 100만 이상이 모이는 초대형 축제가 되었다. 수많은 지자체가 지역 관광 활성화를 위해 축제를 만들어냈지만, 이만큼 성공한 축제는 많지 않다. 수많은 치맥 마니아들이 누가 시키지도 않았는데 앞다투어 치맥 페스티벌을 홍보했다.

점차 커진 치맥의 인기는 외국으로 퍼져 나갔다. 한류 드라마, 그중에도 『별에서 온 그대』의 영향이 지대했다. 아시아 전역에서 엄청난 인기를 끌었던 이 드라마에서 치맥을 하는 장면이 나온 후 치맥은 아시아에서 통용되는 단어가 되었다. 중국인 관광객 4,500명이 월미도에 모여 치맥 파티를 벌이기도 했다.

그런데 왜 하필 한국의 치맥일까? 외국에도 치킨과 맥주는 있는데 말이다. 여기에 대한 가장 일반적인 답은 우리나라의 맥주 특성 때문이라는 것이다. 아메리칸 라거로 분류되는 우리나라 맥주는 향과 맛이 약하고 탄산이 강하다. 덕분에 치킨의 맛을 방해하지 않으면서도 강한 탄산으로 치킨의 기름진 맛을 깔끔히 씻어 준다.

또 다른 이유는 한국의 배달 문화에 있다. 앞서 얘기한 바와 같이 치킨과 맥주는 야외에서 먹기 딱 좋다. 이러한 치킨과 맥주의 특성은 전화 한 통이면 어디든 배달해 주는 우리나라의 배달 문화와 찰떡궁합이다. 더운 여름 땡볕 아래 목이 타고 배고플 때, 집이나 가게까지 갈 필요 없이 전화 한 통에 치킨과 맥주를 배달시킬 수 있다. 괴롭던 땡볕이 아름다운 햇살로 변하는 순간이다.

메뉴의 다양함도 한몫한다. 우리나라는 같은 치킨이라도 후라이드, 양념, 마라, 치즈, 간장, 마늘, 파 등등 종류가 수없이 많다. 여러 사람의 서로 다른 입맛을 모두 포용할 수 있고, 다양한 맛을 먹다 보니 질리지도 않는다.

또 한 가지, 어쩌면 가장 중요한 이유는 치맥이 단순한 음식의 조합을 넘어서 하나의 문화 현상이 되었다는 점이다. 치맥은 이제 어엿한 우리의 문화다. 치킨과 맥주의 조합을 두고 이름을 붙인 곳도, 스포츠 경기를 볼 때마다 당연하게 치맥을 하는 곳도 우리나라뿐이다. 우리나라에도 온천이 있지만 일본에 가서 온천을 하고, 우리나라에도 있는 쉑쉑버거를 뉴욕 가서 먹듯, 외국인들은 우리나라에 와서 치맥을 한다. 우리나라 치맥의 세계적인 흥행은 음식의 운명에 있어 음식 그 외의 요소, 즉 그 음식을 즐기는 사람들과 그 음식을 둘러싼 문화가 얼마나 중요한지를 단적으로 보여 준다.

이리 보고 저리 봐도 치킨과 맥주는 찰떡궁합이다.

술을 좋아하면 치맥 대신 치소맥을 하는 것도 좋다. 맥주에 소주를 더하면 치킨의 기름진 맛이 더 잘 잡힌다.

단, 양념치킨과 먹을 때는 프라이드치킨과 먹을 때보다 소맥을 연하게 탄다(소주를 적게 넣는다). 소주를 많이 넣으면 소주의 강한 알코올 향 때문에 양념 맛을 제대로 느끼기 어렵다.

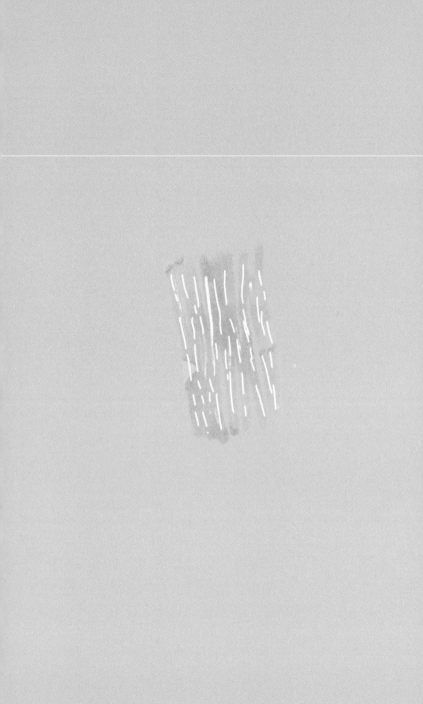

역전 앞과 중국 당면의 관계

중국 당면의 인기가 심상치 않다. 일시적 유행을 넘어서 일상 음식으로 편입되는 듯하다. 중국 당면이 처음 알려진 계기는 중국식 샤브샤브, 훠궈다. 몇 년 전부터 훠궈가 인기를 끌면서 훠궈의 필수 재료로 이름을 알리기 시작하더니 언제부턴가 독자적인 인기를 끌기 시작했다. 찜닭, 떡볶이 등 한식 메뉴에 슬그머니 들어가는가 하면, 먹방에서도 단골 소재로 쓰인다. 요즘엔 소위 떡당면이라 불리는 두툼한 당면인 분모자, 실당면 등 다른 다양한 중국 당면들도 덩달아 인지도를 넓히고 있다. 이젠 중국 당면 하면 모르는 사람이 드물다. 중국 당면이라는 단어는 한국식 핫도그처럼 두 단어의 합성어지만 이제는 그 자체가 고유 명사처럼 하나의 단어로 쓰인다. 사실 엄밀히 따지면 중국 당면은 잘못된 단어다. '역전(前) 앞'이라는 단어가 앞이라는 말을 두 번 쓴 겹말이듯 중국 당면도 마찬가지다. 중국 당면이란 단어가 이런 오류를 가지게 된 이유를 알려면 당면의 역사를 들여다봐야 한다.

당면은 당나라 당(唐), 국수 면(面) 자를 써서 단어 자체가 중국에서 온 면이라는 뜻이다. 오랑캐를 뜻하는 호(胡)를 써서 호면이라고도 한다. 조선 시대에 청나라에서 넘어오면서 이런 이름이 붙었다. 낯선 외국의 음식 재료로 취급되던 당면이 대중화된 것은 일제 강점기부터다. 한반도에 당면 공장이 설립되면서 공급이 늘어났다. 이때부터 각종 한국 음식에 당면을 많이 사용하게 되었다. 잡채, 만두, 순대 등 당면이 전혀 쓰이지 않았던 음식들도 당면을 주재료로 쓰기 시작했다. 당면의 사용량이 단시간에 이렇게까지 증가한 이유에 대해서는 가난하던 시절 값싼 당면을 넣으면 음식의 양을 크게 늘릴 수 있었기 때문이라는 설이 가장 유력하다.

당면이 많이 들어간 요즘 만두.

전골에 들어간 당면.

  이제 당면은 한국 음식에 빼놓을 수 없는 재료다. 많이 사용되는 만큼 우리나라 당면은 이제 원래의 중국 당면과는 다른 독자적인 모습을 가지고 있다. 당면의 재료부터 다르다. 중국에서는 주로 녹두 전분으로 만들지만 우리나라는 보통 고구마 전분으로 만든다. 우리나라도 예전에는 녹두 전분으로 만든 당면들이 유통되었지만 지금은 찾아보기 힘들다.

  우리 당면은 약 1mm 두께의 얇은 원형 면이 대부분이고, 최근에야 중국 넙적당면의 인기에 따라 넓은 모양의 당면도 조금씩 나오기 시작했다. 반면 중국 당면은 모양이 매우 다양하다. 우리나라 당면보다 훨씬 가는 것도 있고 가래떡 같이 두꺼운 것도 있다. 이 중에서도 넙적당면이나 분모자 등 두꺼워서 씹는 맛이 있는 당면들이 최근 한국에서 인기다.

넓적한 중국 당면.

우리나라와 중국 외 동남아, 일본 등지에서도 당면을 즐겨 먹는다. 나라마다 당면에 사용하는 재료와 모양은 제각각이고, 사용하는 용도도 샐러드, 수프, 볶음 요리 등 다양하다. 한국과 마찬가지로, 이들 나라도 중국에서 당면을 들여왔지만 지금은 전통 요리에도 당면을 다양하게 사용한다.

최근 균형 잡힌 식생활에 대한 관심이 높아지고 저탄수화물 식단이 인기를 끌면서 당면에 대한 사람들의 선호도 주춤했다. 하지만 중국 당면의 인기로 다시금 당면이 조명받고 있다. 쫄깃한 당면의 매력은 건강에 대한 염려를 뛰어넘고 있다. 당면의 사용 범위도 넓어졌다. 떡볶이에 떡 대신 분모자가 들어가는가 하면 족발에도 넓적당면 사리가 생겼다.

식생활의 변화는 참 빠르다. 외국 식자재였던 당면은 대중화된 지 100년도 채 되지 않아 '전통' 한식의 재료가 되었다. 당면이 우리 음식인 게 너무 당연해진 나머지 중국식 면이라는 이름의 당면 앞에 다시 중국이라는 수식어를 붙여 중국 당면이라는 말을 만들어 내기에 이르렀다. 앞으로 수십 년이 지나면 중국 당면도 당연하게 한식의 일부가 되어 있을지도 모른다. 하지만 나쁜 현상은 아니라고 본다. 일부에서는 우리 음식에 당면이 들어가면서 음식의 질을 떨어트렸다고도 하지만, 이런 다양한 시도와 변화 덕분에 우리 음식은 꾸준히 대중에게 관심을 받으며 새로이 기억되고 있다. 중국 당면이 우리나라 음식에 가져오고 있는 변화가 흥미롭다.

넙적당면은 우리나라 당면처럼 딱딱하게 건조해 판다. 보통 우리나라 당면을 조리하듯 물에 불려서 사용하지만 그러면 면이 너무 풀어진다. 특히 불려서 훠궈에 넣으면 금세 면이 끊어져 건져 먹을 수가 없다.

나는 넙적당면을 쓸 때 끓는 물에 데쳐서 사용한다. 그러면 면도 안 끊어지고 식감도 덜 흐물거린다. 제품마다 조금 다르기는 하지만 훠궈에 쓸 때는 끓는 물에 미리 3분 정도만 익혔다가 쓴다. 볶음 요리 등에 넣을 때는 15~20분 데쳐서 사용한다.

이토록 다재다능한, 김밥

　두 마리 토끼를 한꺼번에 잡기는 어렵다. 보통은 두 마리 토끼를 다 잡으려다 보면 이도 저도 안 되기 마련이다. 간편식의 세상에서도 마찬가지다. 라면, 치킨 같은 간편식은 간단히 끼니를 때우기 좋다. 하지만 대개 식품 첨가물이 많이 들어가거나 영양상 균형이 맞지 않는 경우가 많아 건강한 음식이라고 보기는 어렵다. 싸고 맛있고 간편하게 만들려다 보니 그리되었다. 하지만 간편함과 건강함, 두 마리 토끼를 잡아낸 음식이 있다. 바로 김밥이다.

　김밥은 인스턴트 식품은 아니지만 그에 버금갈 만큼 쉽게 구하고 간편하게 먹을 수 있다. 어느 동네에서나 아침 일찍부터 저녁 늦게까지 살 수 있다. 일부 가게나 편의점에서는 24시간 팔기도 한다. 사고 나면 추가적인 조리도 수저도 필요 없이 바로 먹을 수 있다. 걸어가면서 먹을 수도 있다. 김밥 한 줄 안에는 밥, 채소, 단백질 등 여러 가지 영양소가 조화롭게 들어 있어 맛과 영양도 좋다.

간편함과 맛과 영양까지, 이렇게 완벽에 가까운 조합이 가능했던 건 아웃소싱(Outsourcing)과 규모의 경제 덕분이다. 김밥은 원래 맛있고 건강한 음식이긴 했지만 간편하게 먹을 수는 없었다. 김밥을 싸려면 재료도 여러 가지 필요하고 손도 많이 갔다. 하지만 이제는 김밥가게나 공장에서 김밥을 대신 만들어 주고 싼 가격에 파니 언제 어디서나 부담 없이 김밥을 먹을 수 있다.

이런 아웃소싱과 규모의 경제는 사람들의 수요를 기반으로 한다. 즉, 사람들이 많이 찾아야 파는 사람도 생기고 규모의 경제도 생긴다. 김밥 만드는 과정 자체가 대량 생산에 적합하기도 하지만 무엇보다도 많은 사람들이 사랑하는 음식이기 때문에 대량으로 생산할 수 있었다.

이런 김밥은 어떻게 시작된 걸까? 김밥의 주재료인 김은 우리나라에서 오래전부터 즐겨 먹었다. 보통 지금처럼 말린 김을 반찬으로 먹는 경우가 가장 많았지만, 밥을 김에 싼 음식도 있었다. 바로 정월대보름에 먹었던 김쌈이다. 복쌈, 복과라고도 불리는 김쌈은 오곡밥을 김이나 나물 잎사귀에 싸 먹던 음식으로, 전통 음식 중 김밥과 가장 비슷하다. 하지만 여전히 김밥이라기보다는 김으로 싼 쌈에 가깝다.

속 재료를 함께 넣고 김에 싸 먹게 된 것은 일본 마끼의 영향으로 보인다. 일본 초밥의 일종인 마끼는 회나 박고지(말린 박나물) 등을 밥에 넣고 김에 말아 싼 음식이다. 밥과 재료를 함께 김에 말았다는 점, 밥에 따로 간을 했다는 점이 김밥과 비슷하다. 이 때문에 마끼가 김밥의 원조라는 주장도 있지만 그러기에는 다른 점이 많다. 각종 채소가 많이 들어가는 김밥과 달리 마끼는 주로 회를 사용하며, 여러 가지 속 재료보다는 한 가지 속 재료를 쓰는 경우가 많고, 참기름이 아닌 식초로 밥의 조미를 한다. 일제 강점기 직후에는 우리나라에서도 김밥의 밥에 참기름 대신 식초를 넣기도 했지만 보편적이진 않았다.

오랫동안 김밥은 소풍 음식의 대명사였다. 갈비찜처럼 비싼 음식은 아니었지만 만드는 데 손이 많이 가서 소풍 때나 먹을 수 있는 특식이었다. 소풍날이면 아침 일찍부터 엄마가 김밥을 쌌다. 그럼 나는 얼른 옆에 쪼그리고 앉아 옆구리 터진 김밥이나 김밥 꽁다리를 집어 먹곤 했다. 이렇게 아침에 김밥을 실컷 먹고도 소풍을 가면 친구들과 서로의 도시락을 들춰 봤다. 같은 김밥이라도 집마다 맛도 모양도 제각각이라 비교하며 먹는 재미가 있었다.

이러한 김밥의 위상에 변화가 생긴 것은 90년대 후반, 김밥천국을 필두로 한 저가 김밥 가게가 전국적으로 확산되면서부터다. 1995년 김밥천국이 천 원짜리 김밥을 내놓으며 시장에 등장했고, IMF를 전후로 전국적으로 체인을 늘려 나갔다. 다른 김밥 프랜차이즈들도 우후죽순으로 생겨났다. 싼 가격에 쉽게 김밥을 먹을 수 있게 되면서 김밥의 위상도 많이 변했다. 특별한 날 먹던 정성 가득한 음식이 저렴한 간편식으로 바뀌었다. 시간 없을 때 간편하게 한 끼를 때울 때면 김밥을 찾게 되었다.

하지만 IMF가 지나가고 웰빙 열풍이 불면서 김밥은 또 다른 전환점을 맞이했다. 바로 프리미엄 김밥의 등장이다. 다양한 영양소를 한 번에 섭취할 수 있는 김밥은 웰빙 열풍에 잘 부합하는 음식이었다. 속 재료를 푸짐하게 넣거나 아예 한우, 랍스터 등 고급 재료를 쓰는 프리미엄 김밥집들이 속속 생겨났다. 이러한 김밥집들이 차례로 인기를 끌면서 한때 저렴한 음식의 대명사가 되었던 김밥은 다시 한번 이미지 전환을 했다.

엄마의 손맛이 들어간 특별식에서 가성비 좋은 간편식으로, 또다시 건강식으로. 김밥은 IMF, 웰빙 열풍 등 사회의 변화에 따라 극에서 극을 오가며 변신했다. 그리고 그때마다 가장 시류에 잘 적응한 음식으로 사랑받았다. 모두 건강하고, 맛있으면서도 간편한 김밥의 여러 장점 덕분이다. 이토록 다재다능할 수가 없다.

속 재료를 무짐히 넣은 프리미엄 김밥.

김밥은 냉장고에 넣어 두면 밥이 딱딱해져서 맛이 없다. 냉장 보관한 김밥을 맛있게 먹으려면 팬에 참기름을 두른 후 구워서 먹어 보자. 김밥의 겉면은 누룽지처럼 바삭하고 속은 부드럽게 익는다. 고소한 참기름 향은 덤!

계란물을 적셔서 노릇노릇 구워 먹어도 맛있다. 프렌치토스트 의 K버전이라고나 할까.

더 이상 김밥으로 먹기 싫다면 볶음밥으로 해 먹을 수도 있다. 프라이팬에 기름을 두르고 김밥을 부숴 가면서 볶다가 고추장과 참기름을 넣어 주자. 매콤하고 맛있는 볶음밥이 완성된다.

금의환향한 명란젓

   명란젓은 특이한 젓갈이다. 보통 밥반찬으로만 쓰이는 다른 젓갈들과는 달리 여러 가지 음식에 다양하게 쓰인다. 명란젓볶음밥, 찌개, 계란말이 등 한식뿐 아니라 파스타, 덮밥, 감자칩, 빵 등 온갖 다양한 국적과 종류의 음식에 재료로 쓰인다. 같은 알젓 중에서도 이만큼 다양하게 쓰이는 젓갈은 없다.

   명란젓은 명란(明卵), 말 그대로 명태 알로 만든 젓갈이다. 소금으로 염장하고 상온에 두어 숙성해 만든다. 염장할 때 고춧가루 등 양념에 함께 절여 맛을 내기도 한다. 오징어젓갈, 새우젓갈과 함께 우리나라의 대표적인 젓갈 중 하나다. 재료가 흔하고 맛이 좋아 대표 젓갈로 자리매김할 수 있었다. 명태는 예로부터 우리나라에서 가장 많이 잡히는 생선 중 하나다. 명태를 말려 북어로 만들 때 알만 따로 떼어 내서 명란젓으로 만들었다. 과거에는 동해에서 잡은 명태로 명란젓을 만들었지만 최근에는 국내에

명란젓에 다진 마늘과 쪽파, 참기름을 넣으면 밥 한 공기쯤이야 우습다.

서 명태가 거의 잡히지 않아 대부분 러시아 쪽 바다에서 잡아 온 명태로 만든다.

명란젓에 대한 기록은 조선시대부터 남아 있지만, 젓갈은 고대부터 먹어 왔고 우리나라에서 명태는 워낙 흔했기 때문에 실제 역사는 훨씬 오래된 것으로 추정된다. 원래는 명란젓도 다른 젓갈과 마찬가지로 주로 밥반찬으로 먹었다. 이런 명란에 변화가 생긴 것은 일제 강점기를 전후해서다. 한국의 명란이 일본으로 넘어가 선풍적인 인기를 끌었다. 일본에서는 명란이 비교적 새로운 재료였던 만큼 오히려 여러 가지 음식에 제약 없이 사용되었다. 위에 언급했던 명란파스타, 덮밥, 감자칩, 빵 등도 일본에서 시작된 메뉴다.

이후 한일간의 문화 교류가 활발해지면서 일본의 새로운 명란 활용법이 우리나라에도 전해졌다. 이 음식들이 관심을 끌면서 우리나라에서도 명란을 다양한 요리에 응용하기 시작했다. 특히 몇 년 전에는 방송인 이영자 씨가 한 예능 프로그램에서 명란바게트를 언급하면서 명란 활용 음식들이 또 한번 화제가 되었다. 이후 이영자 씨가 방문한 빵집의 명란바게트뿐 아니라 명란바게트 맛있게 먹는 법, 다른 명란 활용 음식까지 주목받았다. 덕분에 요즘엔 한식집, 양식집, 편의점 가리지 않고 다양한 장소에서 명란을 활용한 먹거리를 찾을 수 있다.

외국에서 인기를 얻고 돌아와서 생긴 이점은 이뿐만이 아니다. 명란은 금의환향을 통해 일종의 브랜드 리뉴얼 과정을 거쳤다. 대부분의 제품이나 브랜드는 시간이 지나면 이미지가 노후된다. 오래된 것, 낡은 것이라는 이미지가 입혀져 젊은 세대에게 어필하기 어려워진다. 계속해서 사랑받고 살아남기 위해서는 브랜드 리뉴얼, 즉 이미지 개선이 필요하다. 하지만 많은 사랑을 받았을수록 사람들의 뇌리에 박힌 이미지를 바꾸기는 쉽지 않다.

전통식품도 마찬가지다. 오랫동안 사랑받고 살아남아 전통식

명란을 넣은 멘타이코 앙가케 타마고 토지 우동.

품이 되었지만 그렇기 때문에 젊은 세대의 관심을 받지 못한다. 하지만 명란젓은 일본에서 인기를 끌고 다시 한국에서 주목받으면서 밥반찬으로도, 퓨전 재료로도 사랑받는 식품이 되었다.

이 과정에서 현재의 명란젓을 돌아보고 개선하려는 시도도 많이 이루어지고 있다. 이러한 시도 중 하나는 명란 고유의 맛을 살린 명란젓의 생산이다. 단순히 소금에 절여 만들던 옛날 명란젓과 달리 요즘 명란젓은 이런저런 감칠맛 재료를 많이 넣어 젓갈보다는 하나의 반찬에 가까워졌다. 이는 가쓰오부시, 청주 등 소금 외 다른 재료를 많이 쓰는 일본 명란젓 제조법의 영향이다. 이 제조법은 명란젓의 감칠맛을 높인다는 장점이 있는 반면 명란 자체의 맛은 상대적으로 느끼기 어렵다. 그래서 요즘에는 다시 예전의 방식으로 소금에 절이는 우리 명란 제조법을 되살리려는 시도들이 이루어지고 있다.

두 번째로 식품 첨가물 사용 절감이다. 보통 명란젓에는 선명한 붉은색을 내고 보존성을 높이기 위해 식품 첨가물이 들어간다. 대표적인 것이 아질산나트륨이다. 명란젓의 빨간색을 예쁘게 내기 위해 넣는다. 햄, 소시지 등의 육가공품에도 많이 들어가는데 암을 유발할 가능성이 있다고 알려져 있다. 한때 육가공품의 유해성이 크게 이슈가 되었던 것도 바로 이 아질산나트륨 때문이다. 요즘에는 명란젓에도 아질산나트륨과 다른 식품첨가물 사용을 줄이려는 노력이 많다. 이러한 시도가 이루어지는 것도 명란젓이 주목받는 식자재이기 때문에 가능한 현상이다.

생선의 알은 감칠맛이 좋아 예로부터 세계 각지에서 미식 재료로 인기가 좋았다. 생으로도 먹고, 젓갈이나 어란[6]으로 가공하며, 다양한 요리에 활용해 왔다. 요즘 이탈리안 레스토랑에서 심심찮게 보이는 보타르가 파스타는 이탈리아식 어란, 보타르가를 오일 파스타에 갈아 넣어 맛을 낸 음식이다. 가뜩이나 다양한 요리에 사용되는 명란젓인데, 보타르가 파스타처럼 새로운 생선 알 요리들이 국내에 소개되면서 활용처가 더더욱 많아질 것으로 예상된다. 금의환향한 명란젓의 더욱더 화려한 앞날이 기대된다.

이탈리아의 어란 파스타, 보타르가 파스타.

6 생선의 알을 염장해 말린 것.

명란오일파스타는 내가 즐겨 만드는 파스타 중 하나다. 명란 파스타를 만드는 법은 굉장히 다양하지만 내가 여러 가지 시도해 본 끝에 안착한 방법은 다음과 같다. 파와 마늘로 기름을 먼저 낸 후 면을 볶다가, 명란과 소량의 간장을 섞고 버터를 넣어 마무리한다. 서빙할 때는 김채와 깻잎채를 더한다. 명란의 바다향에 김의 바다향이, 명란의 감칠맛에 간장의 감칠맛이 더해져서 더더욱 맛있다. 파와 깻잎은 비린 맛을 잡아 주고, 버터는 오일과 물이 분리되지 않도록 도와준다.

한국식 핫도그

Korean Hotdog, 한국식 핫도그라는 게 있다. 구글이나 인스타그램에서 Korean Hotdog를 검색하면 외국인들이 핫도그를 먹으며 즐거워하는 모습이 많이 나온다. 외국 유명 요리 사이트들에서도 한국식 핫도그 레시피를 올린다. 한국식 핫도그라고 하지만 아무리 들여다봐도 김치가 들어간 것도 아니고 고춧가루가 쓰인 것도 아니다. 우리가 흔히 사 먹는 바로 그 핫도그다. 대체 한국식 핫도그란 뭘까? 본토의 핫도그와 어떻게 다르고 어떻게 생겨난 걸까?

핫도그의 고향은 미국으로, 그곳에서는 소시지와 빵이 더해진 음식은 모두 핫도그라 한다. 사용되는 소시지나 빵의 형태에 따라 종류가 다양하다. 가장 일반적인 것은 빵 가운데를 갈라 소시지를 끼워 넣은 형태다. 우리나라에서는 주로 코스트코나 이케아에서 판다. 별다른 수식어 없이 핫도그라 하면 이것을 말한다.

어느 독일 이민자가 처음 개발했는데, 독일에서 많이 먹던 소시지를 포크나 나이프를 쓰지 않고도 먹기 편하게 빵 속에 끼워 넣었다. 먹기 쉬우면서도 든든하니 길거리나 야구장을 위주로 금세 인기를 끌었다.

핫도그의 인기가 미국 전역으로, 전 세계로 퍼져 나가는 과정에서 다양한 변형이 생겼다. 이렇게 개발된 핫도그 중 하나가 콘도그(Corn Dog), 꼬치에 소시지를 끼우고 반죽을 묻혀 튀겨 낸 우리가 보통 먹는 핫도그다. 우리에겐 이 핫도그가 가장 일반적이지만 외국에서는 핫도그의 변형 중 하나일 뿐이다. 외국에서 콘도그를 핫도그라 부르는 것은 우리나라에서 소시지빵을 핫도그라 부르는 것과 같다. 미국에서도 팔기는 하지만 일반 핫도그에 비해 비중이 높지 않고, 반드시 '콘도그'라고 부른다. 한국에서는 미국의 핫도그를 '뉴욕 핫도그' 등으로 구분해 부르는 것과 반대다.

한국식 핫도그, 콘도그.

우리나라 핫도그는 콘도그를 중심으로 발전해 왔다. 소시지를 꼬치에 끼운 형태를 기본으로 여러 가지 변형이 나왔다. 핫도그의 변형 중 가장 오래된 형태는 만득이 핫도그(못난이 핫도그)다. 밀가루 반죽 위에 감자 조각을 붙여 크기가 두툼하고 감자의 담백한 맛이 더해졌다. 매콤한 소시지를 넣은 버전, 밀가루 반죽에 여러 가지 맛을 입힌 버전들도 있다.

핫도그는 주로 고속도로 휴게소, 관광지에서 사 먹는 음식이었다. 노점에서도 많이 팔기는 했지만 항상 떡볶이, 순대 등에 인기가 한참 밀렸다. 하지만 최근에는 핫도그 전문 프랜차이즈들이 많이 생기면서 길 가다 핫도그를 사 먹는 횟수가 부쩍 늘었다. 이런 가게들은 기존 노점의 이미지와 달리 깔끔한 실내 구조가 두드러진다. 청결한 분위기에서 다양한 맛의 핫도그를 즉석에서 튀겨 주면서 인기를 끌고 있다.

코리안 핫도그가 인기를 끈 것도 따지고 보면 핫도그 전문점의 등장과 관련이 있다. 핫도그 전문점들이 생기면서 다양한 핫도그를 내놓았는데 이 중 대표적인 메뉴가 모짜렐라 핫도그다. 핫도그 속에 모짜렐라 치즈를 넣어서 뜨거울 때 한 입 베어 물면 치즈가 쭈욱 늘어난다. 맛은 물론이고 먹는 재미, 보는 재미도 있다. 요즘같이 음식의 비주얼이 중요한 시대에 딱이라 핫도그 전문점들이 인기를 얻는 데 톡톡히 일조했을 뿐 아니라 우리 핫도그가 전 세계적으로 관심을 끄는 데도 큰 역할을 했다. 콘도그야 외국에도 있지만 모짜렐라 치즈를 이렇게 듬뿍 넣어 먹는 경우는 드물다. 코리안 핫도그가 반드시 모짜렐라 핫도그인 것은 아니지만 그래도 보통 코리안 핫도그 하면 이것을 말한다.

핫도그는 간편식으로도 많이 팔리고 있다. 완제품으로 판매되니 따로 튀길 필요 없이 데워 내기만 하면 된다. 간단하게 준비할 수 있고 아이들이 좋아해서 어린아이가 있는 가정에서 간식으로 많이 먹는다. 최근 몇 년 새 에어프라이어가 보편화되면서 더 인기다. 에어프라이어가 있으면 튀기지 않고도 보다 바삭하게 조리할 수 있다.

한국식 핫도그의 인기는 해외에서 온라인을 넘어 오프라인으로 퍼지고 있다. 국내 핫도그 프랜차이즈가 해외진출한 것을 포함해 한국식 핫도그를 판매하는 가게들이 생기기 시작했다. 지인 한 명은 일본 도쿄에서 성업 중인 한국 핫도그 전문점을 직접 가 보았는데, 한겨울임에도 불구하고 수십 명이 줄을 서 있었고 심지어 줄을 관리하는 직원도 따로 있었다고 한다. 간편식 핫도그도 해외로 수출되고 있다. 물론 들뜨기엔 아직 이르다. 한국식 핫도그라고는 하나 이미 외국에 있던 음식이고 여기에 대한 관심도 반짝하고 사라지는 일시적인 유행일 수 있다. 하지만 이런 식으로 한국의 음식과 문화가 외국에서 회자되는 것만으로도 고무적이다.

Tip 핫도그에 케첩을

핫도그에는 케첩을 뿌려야 맛있다. 케첩의 새콤함이 튀긴 음식의 느끼함을 잡아 주고, 단맛은 소시지의 짠맛과 어우러져 맛의 조화를 이룬다. 모짜렐라 치즈 핫도그라면 케첩은 더더욱 필수다. 모짜렐라 치즈와 토마토는 이미 피자를 통해 증명된 조합이다.

참고로 시카고에서는 핫도그에 케첩을 뿌리지 않는다(물론 여기서 말하는 핫도그는 미국식 핫도그다). 아예 가게에 케첩을 구비하지 않은 곳도 많다. 핫도그 자체가 하나의 완성된 음식인데 굳이 거기에 단맛이 강한 케첩을 뿌려 맛을 해칠 필요가 있냐는 것이다. 시카고에서 오래 거주했던 오바마 전 대통령도 한 TV프로그램을 통해 8살 이상은 핫도그에는 케첩을 뿌려 먹어서는 안 된다고 농담처럼 이야기한 적이 있다. 시카고 밖 미국 다른 지역에서도 '핫도그에 케첩을 뿌리는 건 아이들이나 하는 일'이라고 생각하는 사람들이 많다.

겨울이면 생각나는 호떡

겨울은 호떡의 계절이다. 날씨가 추워지면 호떡집이 부쩍 눈에 띈다. 실제로 호떡집의 수가 늘어나는 건지 호떡집 수는 그대로인데 갑자기 눈에 띄는 건지는 알 수 없지만, 아무튼 멈춰 섰다 하면 호떡집 앞이다. 날이 추우면 추울수록 더 그렇다. 사실 관계야 어찌되었든 반가운 일이다. 호떡이 없다면 겨울은 훨씬 춥게 느껴질 것이다. 복작복작한 호떡집을 발견하고, 호떡이 지글지글 구워지는 것을 지켜보고, 뜨거운 호떡을 두 손에 받아 들고, 따뜻하고 달콤한 호떡을 호호 불며 먹는 그 모든 과정에서 차가운 몸에 온기가 더해진다.

호떡은 밀가루 반죽에 속을 넣고 둥글넓적하게 구운 음식이다. 보통 설탕을 속으로 넣고 기름을 두른 팬에 지져내지만 종류에 따라 속 반죽이나 밀가루 반죽, 굽는 방식 등이 달라진다. 속 재료를 차별화한 호떡 중 가장 유명한 것은 부산의 씨앗호떡이다. 구운 호떡 가운데를 잘라 견과류를 설탕에 버무려 넣은 것이다. 일반 호떡도 속에 다진 견과류를 넣기도 하지만 씨앗호떡 쪽이 들어가는 견과류의 양이 절대적으로 많다. 반죽을 차별화한 것으로는 녹차호떡, 찹쌀호떡 등이 있다. 밀가루 반죽에 녹차나 찹쌀가루를 넣은 것인데, 녹차호떡은 반죽에서 녹차 향이 나서 깔끔하고 찹쌀호떡은 찹쌀 덕에 쫀득한 식감을 자랑한다. 중국 호떡은 굽는 방식을 달리해 식감이 바삭한 게 특징이다. 공갈빵처럼 속이 비어 있는데 설탕이 들어가 살짝 달콤하다. 이색 호떡으로 잡채나 치즈, 감귤 등을 넣은 호떡도 있다.

지금은 중국호떡이란 음식이 따로 있지만 사실 호떡이란 이름 자체가 '중국에서 온 떡'이라는 뜻이다. 앞서 다룬 당면과 같은 케이스다. 중국, 특히 중국 서쪽 지역은 밀이 주식이다. 쌀밥보다는 빵, 면 등 밀가루 음식을 먹는다. 두툼한 밀가루 반죽 안에 고기, 채소 등 다양한 재료를 넣고 구워 간편한 한 끼 음식으로 먹었다. 이 음식이 19세기 개항기 때 우리나라에 들어오면서 호떡이라는 이름이 붙었다.

이때의 호떡은 고기, 채소 등이 들어간 편의식 개념이었을 뿐 아니라 장작이나 갈탄을 쓴 화덕에 구워 겉이 바삭했다. 주고객층도 중국인 노동자들이었다.

하지만 점차 우리나라 사람들이 많이 사 먹게 되면서 우리 입맛에 맞게 변했다. 밥이 주식인 우리에게 밀가루 음식인 호떡은 밥보다는 간식에 가까웠다. 그래서 고기, 채소 대신 달콤한 설탕을 넣은 간식용 호떡이 등장하게 되었다. 또한 부엌에서 더는 장작이나 갈탄을 쓰지 않게 되면서, 화덕 대신 기름을 두른 팬에서 호떡을 굽게 되었다. 하필이면 기름을 두른 팬에 굽게 된 것은 우리나라 전의 영향으로 보인다.

호떡은 일제 강점기 때에도 지금처럼 대표적인 길거리 음식이 었다. 그때부터 지금까지 백여 년이 넘는 시간 동안 변함없이 사랑받고 있다. 호떡의 저변도 점차 확대되었다. 분위기 좋은 양식당에서 호떡에 아이스크림을 얹어 디저트로 내놓기도 하고 다양한 종류의 호떡을 안주로 하는 술집이 인기를 끌기도 한다.

호떡을 상품화하고자 하는 노력도 많았다. 대표적인 상품으로는 삼립 꿀호떡이 있다. 기름에 지져낸 호떡과는 달리 얇은 빵 속에 설탕 시럽이 들어간 형태지만, 그 나름대로 마니아층을 형성했다. 몇 년 전부터는 호떡 믹스도 대중적인 인기를 끌었다. 믹스 안에는 밀가루, 설탕, 이스트까지 호떡을 만드는 데 필요한 모든 재료가 들어가 있어서 모두 섞어 굽기만 하면 호떡이 완성된다. 호떡 믹스가 인기를 끌며 찹쌀호떡 믹스, 녹차호떡 믹스 등 여러 가지 맛의 제품이 나왔고, 호떡 믹스를 다양한 음식에 활용하기도 한다. 시나몬 롤, 공갈빵 등이 대표적이다.

호떡은 또 하나의 짜장면이다. 짜장면과 마찬가지로 낯선 한 외국 음식이 우리땅에 들어와 우리 입맛과 사정에 맞게 변하고 또 변해서 원래와는 전혀 다른 지금의 모습이 되었다. 지금 우리가 호떡과 짜장면을 즐길 수 있는 것은 우리 부모님, 조부모님이 새로운 음식으로 각종 탐험을 한 결과인 셈이다. 그렇다면 지금 우리의 음식탐험도 수십 년 후에는 또 다른 짜장면과 호떡으로 이어질 수 있지 않을까?

와플 팬에 크로아상 생지를 넣고 구운 크로플이 인기다. 호떡 믹스도 와플 팬에 구우면 그에 못지않게 맛있다. 호떡 믹스를 속 재료만 빼고 반죽해서 와플 팬에 구워내면 완성! 일반적인 와플보다 쫄깃한 식감을 자랑한다. 남은 속 재료는 와플이 뜨거울 때 위에 얹어낸다. 추가로 아이스크림과 시나몬 가루를 얹어도 별미다.

속 재료를 반죽 안에 넣고 구워도 맛있지만 굽는 과정에서 속이 삐져나와 와플 팬이 지저분해지게 되므로 추천하지 않는다.

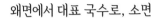

왜면에서 대표 국수로, 소면

"그래서 국수는 언제 먹게 해 줄 거야?" 결혼 전 명절마다 들었던 말이다. 결혼은 언제 하냐는 이야기다. 우리나라에서 국수는 결혼식과 관련이 깊다. 이렇게 결혼을 국수에 비유하기도 하고 스테이크가 나오는 호텔 결혼식에서도 국수가 꼭 나오며, 사람들은 고기를 먹고 배가 불러도 '결혼식에 왔으면 국수 한 젓가락은 먹어야지' 하면서 젓가락을 든다. 이때 먹는 국수가 소면이다. 소면은 결혼식이 아니라도 자주 먹는다. 점심때 간단하게 먹는 잔치국수나 비빔국수로, 설렁탕 사리로, 골뱅이무침의 사리로 일상적으로 먹는다. 하지만 의외로 우리나라 소면의 역사는 짧다. 심지어 짜장면, 라면 등과도 크게 차이 나지 않는다.

소면이 우리 일상으로 들어오기까지의 과정을 살피기 전에 우선 소면이 무엇인지부터 알아보자. 소면은 하얗고 얇고 매끈한 밀가루 건면이다. 두께가 1mm 전후로 얇은 것이 특징이다. 일본의 경우에는 1.3mm가 넘지 않아야 소면이라고 본다(손으로 만든 면의 경우 1.7mm까지 허용된다). 우리나라에서는 소면 두께에 대한 별다른 규정은 없지만 보통 유통되는 소면의 두께는 일본의 것과 비슷하다. 소면과 같은 방식으로 만들지만 두께가 다른 중면과 세면도 있다. 중면은 소면보다 두껍고 세면은 더 얇다. 이 또한 구분하는 데 별다른 규정은 없지만 국수 제조업자 쪽에서 자체적으로 이렇게 구분한다. 소면의 두께가 얇고, 중면과 세면도 있으니 소면을 小麵, 즉 작은 면이라고 생각하는 경우가 많은데 이는 오해다. 소면의 '소'자는 작을 소(小)가 아닌 흴 소(素)로 흰 국수라는 뜻이다. 중면과 세면은 두께에 따라 이름을 붙인 게 맞지만 소면은 아니다. 소면이 대중화된 후 면의 굵기가 다양한 제품들이 나오고, 이 제품들에 면의 굵기에 따라 중면, 세면과 같은 이름을 붙이면서 이런 오해가 생겼다.

소면은 잡아 늘이는 방식으로 만든다. 밀가루를 반죽하고 반죽이 마르지 않도록 기름을 발라가며 길게 늘인 후 반죽의 양 끝을 막대기에 걸고 살살 잡아당긴다. 이렇게 만들어진 얇은 면을 건조하여 완성한다. 소면은 중국에서 처음 만들어져 12~13세기경 일본으로 전파되었다가 일제 강점기에 우리나라에 들어왔다.

소면 이전에도 우리나라에 밀가루 국수는 있었지만 일상적으로 먹지는 못했다. 주재료인 밀가루가 귀했기 때문에 궁궐이나 양반가에서 잔칫상이나 손님상에 내놓는 음식이었다. 쌀이나 메밀로도 국수를 만들 수 있지만 국수를 만들기 가장 좋은 곡물은 밀이다. 다른 곡물은 탄력을 형성하는 글루텐이 밀가루만큼 많지 않아 상대적으로 면을 뽑기 어렵다. 그런데 우리나라에는 밀이 별로 나지 않았다. 드라마『대장금』을 봤던 사람이라면 장금이가 밀가루를 잃어버린 후 얼마나 고생했는지 기억할 것이다. 오늘날 잔치나 결혼식에서 국수를 대접하는 것도 이때의 영향이다. 참고로 이 당시 국수는 반죽을 늘려 만든 소면이 아니라 칼로 썰어 만든 칼국수였다.

밀가루 음식이 보편화되기 시작한 건 개화기 때부터다. 외국 음식 재료와 음식이 소개되면서 밀가루가 수입되고 밀가루 음식들도 많아졌다. 소면도 그중 하나다. 개화기 이전에도 소면은 우리나라에 간간히 수입됐지만 '왜면'이라고 불리며 낯선 일본 음식 취급을 받았다. 하지만 일제 강점기 때에 소면 생산 공장도 들어서고 일본 식문화가 전파되면서 본격적으로 우리 식문화에 편입되기 시작했다. 소면이 대중화된 것은 해방 이후다. 짜장면, 라면 편에서도 언급한 미국의 원조 밀가루가 계기다. 부족한 쌀 대신 미국에서 원조한 밀가루를 소비하도록 정부에서 적극적으로 혼분식 장려운동에 나서면서 소면이 흔해졌다.

건조면이라 보관이 쉽고, 가격이 저렴하며, 얇은 두께 덕에 금방 익는 소면은 금세 우리나라 음식 문화에서 빼놓을 수 없는 음식이 되었다. 잔치 때 먹는 국수도 소면으로 대체되었고, 각종 국물 요리와 볶음 요리에 소면이 곁들여졌다. 어느새 '국수'는 곧 '소면'을 뜻하게 되었다. 우리 음식문화에 녹아드는 과정에서 소면은 일본 소면 요리와 다른 우리만의 색깔이 생겼다. 일본에서 소면은 주로 소바처럼 쯔유(일본간장)에 살짝 찍어 먹거나 맑은 국물에 담가 낸다. 하지만 우리나라에서는 대부분 진한 양념을 곁들여 먹는다. 각종 찌개와 탕, 무침 등에 곁들이면서 진한 국물이나 양념과 함께 먹고, 잔치국수로 먹을 때조차 갖은 양념을 곁들인다.

이 장에서는 라면, 치맥, 부대찌개 같이 외국의 영향을 받은 한식들에 대해 알아보았다. 한식이라고 말하기엔 조금 어색하지만 그렇다고 우리 음식이 아니라고 딱 잘라 말할 수도 없는 음식들이다. 하지만 생각해보면 한식이고 아니고의 구분이 무슨 소용이 있나 싶다. 소면이 왜면에서 우리나라의 대표 국수가 되었듯, 우리가 한식이라 칭하는 음식들도 따지고 보면 우리가 기억하지 못하는 아주 옛날 어딘가의 영향을 받아 오늘날의 모습이

다슬기가 잔뜩 들어간 소면 요리.

되었다. 그리고 국가 간 교류가 잦고 변화가 빠른 요즘, 어느 나라 음식이라는 구분은 점차 모호해질 수밖에 없다. 한식을 정확하게 규정해야 하는 분야도 있겠지만 음식을 업으로 하는 게 아니면 일단은 즐기자. 자유롭게 즐겨 보자. 그러다 보면 제2의 치맥, 제2의 떡볶이가 나올지 누가 알랴.

익히 알려진 바와 같이 소면을 삶을 때는 중간중간 찬물을 부어가며 삶는다. 냄비가 끓어 넘치려 할 때마다 완전히 잠잠해질 만큼 찬물을 넣는데, 시판 소면 기준으로 3번 부으면 된다. 이는 면의 겉과 속이 고루 익게 하기 위해서다.

국수를 끓이면 겉면이 속보다 먼저 익는다. 속을 익히기 위해 그대로 국수를 계속 끓이면, 겉면은 너무 많이 익는 데다 보글보글 올라오는 기포에 계속 맞아 흐물흐물 풀어지기 쉽다. 이때 찬물을 부으면, 물의 온도가 살짝 내려가서 겉면이 과하게 익지 않으면서 속까지 열이 전달되고 기포도 가라앉아 면이 풀어지는 것을 방지한다.

아는 한식도 다시 보자

2부

비가 오면 만사 제치고, 전

　대학생 때는 비만 오면 전을 먹었다. 빗소리와 함께 수업이 끝나면 과방으로 슬금슬금 사람들이 모였다. 우산이 없는 사람도 있었고, 비가 오니 괜히 집에 가기 싫다는 사람도 있었다. 매일 보는 얼굴이니 딱히 대단한 얘깃거리가 있는 것도 아니라서 과제니 과방 청소니 시시껄렁한 얘기를 하며 뭉그적대곤 했다. 그러다 보면 꼭 누군가 말했다. '전이나 먹으러 갈까?' 하고. 그럼 다들 그 얘기를 기다렸다는 듯이 슬금슬금 일어나, 학교 근처 전 골목으로 향했다.

　그곳은 학교에서 한 정거장 정도의 거리에 있었는데, 허름한 골목에 전집이 줄지어 영업을 했다. 근처에만 가도 지글지글 전 굽는 소리와 고소한 기름 냄새가 났다. 가까이 가면 가게 아주머니들이 열 개는 족히 되는 동그랑땡을 한 번에 뒤집으면서 '우리 가게로 오면 잘해 줄게' 하며 호객을 했다. 사실 가게마다 맛이

나 서비스에 별로 큰 차이는 없었지만 항상 가게를 고를 때는 신중을 기했다. 가게를 정한 후엔, 소쿠리를 하나 들고 좌판에 펼쳐져 있는 전들을 골랐다. 아주머니께 소쿠리를 건네고 막걸리를 마시다 보면 데워진 전이 나왔다. 그때부터 본격적인 음주 시간이었다. 실내라 비 오는 모습도 보이지 않고 소리도 들리지 않았지만, '비 오는 날에는 역시 전이지' 하며 긴 밤을 시작했다.

비 오는 날에는 전을 먹는다. 이건 비단 그 시절 우리만의 얘기는 아니다. 비가 오면 전집이 문전성시를 이룬다. 비가 오면 전집 배달이 급증하고, 장마철이 긴 해에는 간편식 전의 매출이 크게 증가한다는 데이터도 있다. 비가 오면 전을 찾는 이유에 대해서는 여러 가지 설이 있다. 비가 오면 기분이 처지니 고칼로리의 탄수화물을 찾게 된다는 얘기도 있고, 과거 비가 오면 농사일을 못하니 둘러앉아 전이나 부쳐 먹었던 것이 관습처럼 이어졌다는 얘기도 있다. 비 오는 소리가 전 굽는 소리와 비슷하다고도한다. 정확한 답은 알 수 없고 정확한 답이라는 게 있을 수 있는 문제인지도 모르지만 내 멋대로 정답은 빗소리가 전을 연상시켜서라고 생각하고 있다. 가장 낭만적이고 그래서 제일 전 맛을 돋우는 이유이기 때문이다.

하지만 마냥 낭만적이기만 했던 전의 이미지는 나와 친구들이 결혼하면서부터 사뭇 달라졌다. 명절 전날이면 '전 부치고 있어?'라는 말이 친구들 간의 인사를 대신했다. 우리 시댁에서는 전을 사 먹기는 하지만 이제 전에는 명절이라는 이미지가 덧씌워졌고, 그 이미지는 자연히 부담감이라는 감정으로 이어진다.

막걸리와 전으로 구성된 주안상.

명절이 아니라도 여전히 전은 부담스럽다. 해 먹기가 여간 번거롭지 않다. 전을 한번 부쳐 먹고 나면 여기저기에 굳어버린 밀가루 반죽들과 기름 튄 자국들이 부엌에 가득하게 되는 데다 설거지거리도 기름기가 가득 끼기 마련이다.

이런 불편함에서 착안해 간편식 전이 다수 출시되었다. 냉동된 채로 파는 전을 사서 프라이팬에 굽기만 하면 완성이다. 물론 해 먹는 것보다 맛은 덜하지만 밀가루와 계란으로 부엌이 범벅이 될 일이 없어지니, 명절에 특히 유용하다.

혹은, 명절에 남은 전을 간편식 전처럼 냉동 보관해도 좋다. 비닐봉지에 넣어 공기를 싹 빼고 묶어 냉동했다가 필요할 때마다 전자레인지에 돌리거나 언 그대로 프라이팬에 구워 먹으면 된다. 명절이 끝나고 나면 TV건 인터넷이건 남은 전 활용 방법이 많이 나온다. 전찌개가 가장 일반적이고 전그라탕, 전라면을 해 먹기도 하지만 이 방법이 가장 편하다. 채소전보다는 육전, 동그랑땡 등이 냉동했다 해동했을 때 변형이 더 적다.

이렇게 보관하기 시작하니 꾀가 늘었다. 전을 부치면 한 번에 많이 부친다. 밀가루와 계란, 프라이팬만 준비하면 온갖 전을 부칠 수 있다. 냉장고에 있는 재료라면 무엇이든 얇게 저며 밀가루와 계란 옷을 묻히거나 채 쳐서 밀가루 반죽에 섞으면 된다. 감자, 애호박, 버섯, 배추 뭐든 굽는다. 실컷 먹고 남는 건 냉동해둔다.

조리법이 복잡하지 않아 옛날의 전도 지금과 크게 다르지 않을 것 같지만 의외로 전도 시대에 따라 변화해 왔다. 요즘 파는 전은 기름에 튀기듯이 구워 바삭하게 낸다. 저렴한 밀가루 반죽을 많이 쓰고 재료를 적게 넣는다. 하지만 조선시대에는 밀가루와 기름이 귀했다. 밀가루 반죽은 재료가 엉길 만큼만 넣었고, 밀가루 대신 다른 곡물가루를 쓰기도 했다. 기름은 솥뚜껑 전체에 간신히 묻을 만큼만 썼다. 할머니들의 이야기에 따르면 감자를 반 잘라 그 단면에 기름을 묻혀 솥뚜껑에 한 번 발라냈다고 한다. 밀가루도 기름도 적게 썼으니 전은 지금처럼 바삭하기보단 부드러웠다.

요즘 전의 또 다른 점은 부침가루 사용이다. 부침가루를 쓰면 밀가루 반죽에 계란이나 소금 간을 추가할 필요 없이 물만 섞으면 반죽이 완성되니 간편하다. 이 부침가루에는 소금뿐만이 아니라 양파, 마늘, 후추, 조미료 등이 들어가 있다. 제조사별로 조합이 달라 입맛에 맞는 것을 찾아두면 편하다.

전은 우리 집 냉파(냉장고 파먹기) 요리의 단골 메뉴다. 조금 시들해져서 생으로 먹기엔 망설여지는 배춧잎이나 버섯 등도 전으로 부치면 먹을 만하다. 막상 해 먹자면 뒤처리가 걱정이긴 해도, 비 오는 날이면 뒷정리 걱정보다 전 생각이 훨씬 앞서서 나도 모르게 전 부칠 준비를 하고 있다. 이러니저러니 해도 나는 비 오는 날이면 여전히 전을 먹는다.

보통 전에는 막걸리를 곁들인다. 하지만 의외로 전과 맥주, 전과 화이트 와인의 조합도 좋다. 치킨을 먹고 입안의 기름기를 씻어내기 위해 맥주를 마시듯 전을 먹을 때도 맥주를 마셔 보자. 전의 기름기를 맥주가 시원하게 씻어 준다. 맥주 자체의 맛이 너무 강하지 않은 라거 맥주가 특히 잘 어울린다.

화이트 와인도 좋다. 특히 산미가 강한 와인이 어울린다. 화이트 와인의 시큼한 맛이 전의 기름기를 씻어 내는데 특효약이다.

한식 하면, 나물

　종종 친정이나 시댁에서 반찬을 얻어먹는다. 감사하게도 한 번 주실 때마다 여러가지를 준비해 주시는데 그중에 특히 반가운 반찬이 있으니 바로 나물 반찬이다. 요리에 자신이 있는 편이지만 나물만은 어렵다.

　아무리 열심히 무쳐도 시어머니나 엄마가 해 주는 그 나물 맛이 안 난다. 심지어 나물과 양념 준비는 엄마가 다 해 주고 나는 무치기만 해도 엄마의 나물 맛이 안 난다. 수십 년간 단련된 손맛, 악력과 손놀림의 노하우는 쉽게 따라갈 수가 없다.

　애초에 나물 반찬은 참 하기 번거롭다. 흙과 시든 잎이 섞인 나물을 일일이 손질하고 깨끗하게 씻는 데만 한 세월이다. 게다가 산더미 같은 나물을 애써 손질해 데쳐 놓으면 양도 확 줄어드니 여간 허탈하지 않다. 이러니 얻어먹는 나물 반찬이 유달리 반가울 수밖에 없다.

요즘에는 고기보다 나물 반찬이 귀하다. 핵가족이 많고 집에서 해 먹는 횟수도 점차 줄어드는 추세라 집밥을 하더라도 주요리 한두 가지 정도만 하는 경우가 많다. 나도 나물을 무칠까 하다가도 하려던 불고기에 양파나 좀 더 썰어 넣는 정도로 타협하고는 한다. 이러니 현대인은 나물을 먹을 기회가 드물다. 과거와는 정 반대다. 나물은 별다른 먹거리가 없던 시절에도 누구나 먹을 수 있는 음식이었다. 돈이 없어도 산에 들에 나가서 마련할 수 있으니 가난한 집 식탁에도 나물만은 올랐다. 보통은 과거에 귀했던 음식이 먹을 것이 풍부해진 요즘에 흔해지고는 하는데 나물은 그 반대다.

나물이 뜻하는 범위는 아주 넓다. 식물을 조리한 음식은 대개 나물이라고 한다. 심지어는 그 식물 자체도 부른다. 데쳐서 조리한 경우가 많지만 생으로 무치거나 볶기도 한다.

나물은 아주 오래전부터 한식 밥상에서 빠지지 않았다. 심지어 단군 신화에도 나물이 등장한다. 곰이 사람이 되기 위해 쑥과 마늘을 먹었다고 하는데, 이때는 우리나라에 마늘이 들어오기 전이기 때문에 여기서 말하는 마늘은 달래나 산마늘(명이나물)과 같은 나물류였을 것으로 추정된다.

나물은 즉흥성이 강한 음식이다. 지금에야 어떤 나물 반찬을 하겠다고 마음먹고 장을 봐서 레시피를 따라 만들지만 과거에는 그 시기에 구할 수 있는 채소를 가지고 그에 맞는 조리를 했다. 즉, 그때그때 상황에 맞게 즉흥적으로 요리해야 했다. 음악에 즉흥 랩 또는 즉흥 재즈 연주가 있다면 요리에는 나물이 있는 셈이다.

앞서 말했듯 나물은 데쳐 먹는 경우가 많다. 나물을 데쳐 먹으면 생으로 먹을 때보다 소화도 잘 되고, 나물에 있는 독성도 일부 제거할 수 있다. 우리가 흔히 나물로 먹는 고사리도 독성이 있는데 불리고 익혀 먹는 과정에서 대부분 제거된다.

나물은 데치면 부피가 크게 줄어든다. 시금치 한 단을 사다 놓으면 이걸 언제 다 먹나 싶지만 나물로 무치면 얼마 안 된다. 덕분에 나물을 먹으면 채소를 쉽게 많이 먹을 수 있다. 하지만 다이어트하려고 나물을 지나치게 많이 먹으면 낭패를 볼 수도 있다. 나물 반찬에는 기름이 잔뜩 들어가 의외로 칼로리가 높다. 명절 음식의 높은 칼로리에는 제사 나물도 크게 한몫하고 있다. 샐러드도 드레싱을 듬뿍 뿌려 먹으면 칼로리가 높아지는 것과 마찬가지다.

채소를 말려서 보관해 뒀다가 다시 불리고 데쳐서 나물을 무치기도 한다.

나물 반찬은 나물 손질이 절반이다. 시든 잎과 줄기를 떼어내고, 줄기와 잎 사이사이 숨어 있는 흙과 잔류 농약을 없애야 한다. 손질한 나물은 끓는 소금물에 살짝 데쳐낸 후 소금, 간장, 고추장, 된장 등의 양념으로 무친다. 집집마다 다르겠지만 나는 보통 쓴맛이 나는 채소는 소금이나 간장만 살짝 써서 채소 자체의 씁쓸한 맛을 즐긴다. 오히려 자체의 맛과 향이 강하지 않은 나물에는 된장이나 고추장을 쓴다.

조리한 나물은 냉장 보관을 해도 오래 두기가 어렵다. 아깝더라도 얼른얼른 먹어야 한다. 나물이 남았을 때 가장 간편하게 많이 먹는 방법은 비빔밥이다. 나물만 넣고 참기름을 살짝 둘러 비벼도 좋고 고추장을 추가로 넣어도 좋다. 계란이 있으면 반숙 프라이를 하나 해서 노른자를 윤활유 삼아 비벼 먹으면 금상첨화다. 부침가루와 섞어 나물전을 부쳐 먹어도 되고, 김에 말아 나물김밥을 해도 맛있다.

우리는 지역과 계절에 따라 다른 나물을 먹는다. 바꿔 말하면 우리는 나물을 통해 지역의 특색을 만끽할 수 있고 계절감도 느

(좌) 깻잎나물. (우) 냉이나물.

낄 수 있다. 요즘에는 산나물도 따로 재배하고 전국적으로 유통을 해서, 지역과 계절에 관계없이 먹고 싶은 나물을 구해 먹을 수 있다. 그래도 기왕이면 그 계절에 맞는 나물, 지금 있는 지역의 특산 나물을 구해 먹어 보자. 그 향과 맛이 훨씬 깊고 나물을 즐기는 기분도 남다르다.

나물을 소금물에 데치는 이유는 나물의 쓴맛을 **빼고** 잎의 갈변 현상을 막기 위해서다. 시금치를 예로 들어 보자. 시금치에는 클로로필이라는 엽록소 성분이 있다. 시금치의 녹색을 내는 이 성분은 장시간 가열하면 갈색으로 변한다. 소금을 물에 넣으면 끓는점이 올라가서 시금치를 더 단시간에 데칠 수 있고, 소금의 나트륨과 클로로필의 마그네슘 이온이 변형되어 열을 가해도 클로로필이 갈변되지 않는다.

또한, 시금치에는 수산이라는 성분이 있다. 쓴맛을 내며, 칼슘 섭취를 방해하고 결석을 유발하는 성질이 있다. 이 성분은 휘발성이기 때문에 끓는 물에 데치면 날아간다.

쓴맛이 없는 나물도 있고 변색이 되지 않는 나물도 있지만 그런 경우에도 소금물에 데치자. 나물에 간이 배서 더 맛있다. 나물을 삶을 때는 웬만해선 소금물을 쓰자.

무한 매력 불고기

불고기가 가장 맛있게 느껴지는 순간은 접시가 바닥을 보여갈 때다. 그때의 행동 요령은 다음과 같다. 우선 그릇 위를 눈으로 빠르게 스캔한다. 얼마 남지 않은 귀한 고기 중 가장 크고 촉촉해 보이는 것을 하나 고른다. 밥 위에 놓고 육즙이 응축된 국물도 한 숟갈 가득 떠 고기와 밥 위에 붓는다. 국물에 촉촉하게 젖은 밥과 고기를 함께 뜬다. 한입에 넣는다. 다 먹어가는 불고기에 대한 아쉬운 마음과 응축된 맛, 탄수화물이 더해져 최고의 맛을 낸다.

불고기는 꽤 자주 먹는데도 불구하고 먹을 때마다 아쉬운 마음으로 국물까지 싹싹 긁어 먹게 된다. 그만큼 불고기는 매력적이다. 얇고 부드러운 고기와 달고 짠맛이 조화를 이루는 양념 덕분에 불고기는 먹어도 먹어도 맛있다. 그 맛은 남녀노소, 국적을 불문하고 모든 사람을 포섭한다. 고기는 부드러워 이가 약한 노

먹어도 먹어도 맛있는, 불고기.

인에게도 부담 없고, 맵지 않으니 매운 걸 잘 못 먹는 어린아이나 외국인도 먹을 수 있다. 외국에 한식을 소개할 때마다 불고기를 내세우는 것도 이런 이유에서다.

불고기는 얇게 썬 소고기를 간장 양념해 구워낸 음식이다. 불고기라는 단어 자체에는 '불에 구운 고기'라는 뜻만 있지만 따로 말하지 않아도 불고기 하면 으레 간장 양념한 고기겠거니 한다. 소고기가 아닌 다른 고기를 쓰거나, 간장 양념이 아닌 고추장 양념을 할 때도 불고기라는 명칭을 쓰기는 한다. 하지만 그때는 꼭 '돼지' 불고기, '오리' 불고기, '고추장' 불고기 같은 식으로 접두사를 붙인다.

불고기에도 여러 종류가 있다. 서울식 불고기, 언양식 불고기, 광양식 불고기가 대표적이다. 서울식 불고기는 자작한 국물이 특징이다. 식당에서는 원형 불판에 굽는데 불판 가장자리에는 육수를 붓는다. 불고기를 굽고 나면 고기의 육즙이 흘러내려 육수와 섞이는데 여기에 면 사리를 넣어 먹는다. 언양식 불고기와 광양식 불고기는 국물 없이 석쇠에 바짝 굽는다. 언양식은 떡갈비처럼 고기를 뭉쳐서 굽고, 광양식은 얇게 펼쳐서 굽는다는 점이 다르다. 이 중 가장 일반적인 불고기는 서울식이다. 회사 구내식당, 일반 백반집, 심지어는 경상도 출신인 우리 엄마도 불고기는 국물을 자작하게 해서 서울식으로 낸다.

어떤 방식으로 만들든 불고기는 얇게 저민 고기로 만든다. 하지만 이렇게 얇은 고기로 불고기를 만들게 된 것은 50여 년밖에 되지 않았다. 고기를 일정한 두께로 썰어 주는 기계인 육절기가 도입되기 전의 불고기는 지금보다 훨씬 두꺼웠다. 고기를 직접 저며 본 사람이라면 알겠지만 사람 손으로 생고기를 기계로 썬 것 같이 얇게 썰기는 거의 불가능하다. 고기를 살짝 얼려 썰면 포는 떠지지만 아무리 잘해도 두께가 요즘 불고깃감의 3~4배는 된다. 그래서 옛날의 불고기는 지금과는 사뭇 달랐다. 지금처럼 단시간에 볶을 수 없으니 양념을 한 후 석쇠에 올리거나 꼬치에 꽂아 서서히 구워냈다. 지금과 같이 아주 얇게 썬 고기를 쓸 수 있게 된 것은 1970년대 도입된 육절기 덕분이다. 그때부터 불고기는 지금과 같은 모습이 되었다.

보통 불고기 양념을 할 때는 배, 양파 등을 갈아 넣는 경우가 많다. 이런 부재료는 연육 작용을 해서 고기를 더 부드럽게 만들어 준다. 하지만 종잇장처럼 얇게 썬 고기를 사용하는 요즘 불고기에는 사실 굳이 연육제가 필요 없다. 오히려 연육제를 너무 많이 쓰고 오래 절여 놓으면 고기가 흐물거릴 수도 있다. 다만 연육제로 쓴 배, 양파 등은 단맛을 내는 역할도 하므로 이러한 재료를 뺄 때는 설탕을 추가로 넣어야 기대했던 맛을 낼 수 있다.

얇게 저민 고기로 만든 불고기는 스테이크 등 다른 고기보다 무게감이 덜해 다른 요리에 접목하기도 좋다. 한식에서도 불고기전골, 불고기비빔밥, 잡채, 궁중떡볶이 등 여러 음식에서 다채롭게 활용된다.

이런 불고기의 매력은 퓨전 요리에서도 발휘된다.『윤식당』이라는 예능 프로그램에서는 외국에서 팝업 식당을 열며 불고기를 빵, 밥 등에 결합해 불고기샌드위치, 불고기덮밥을 메뉴로 내놓아 세계 각지 사람들의 호평을 받았다. 이 불고기덮밥이나 샌드위치에 김치나 치즈를 곁들여도 잘 어울린다. 이외에도 불고기는 샐러드에 올리거나 파스타에 곁들여 먹어도 맛있다.

불고기는 비상식량으로도 유용하다. 가끔 시간 여유가 있을 때면 불고기 거리를 넉넉하게 산다. 모두 양념을 해 두고 한 번 먹을 분량씩 나눠서 냉동한다. 양념해 둔 불고기를 살 수도 있지만 가능한 양념은 직접 하자. 양념해서 파는 불고기는 소비자가 고기의 상태를 가늠하기 어려워 질이 좋지 않은 고기를 쓰는 경우가 왕왕 있다. 이렇게 냉동해 둔 불고기는 반찬거리가 없을 때 하나씩 꺼내 먹을 수 있다. 볶을 때 냉장고 속 자투리 채소를 추가해 주면 더욱더 좋지만 없어도 괜찮다. 밥과 먹어도 되고 빵에, 파스타에, 샐러드에 먹어도 되니 만능이다. 먹을수록 맛있고 먹을수록 기특하다.

먹다 남은 불고기를 재활용할 때는 샌드위치, 삼각김밥 등 가열 조리가 필요 없는 음식에 쓰는 것이 좋다. 이미 조리된 불고기는 한 번 더 가열하면 퍽퍽해지고, 불고기전골이나 불고기파스타 같은 요리는 불고기가 익으면서 나오는 육즙이 음식 맛에 중요한 역할을 하는데 이미 익은 불고기에서는 육즙을 기대할 수 없기 때문이다. 반면에 샌드위치나 삼각김밥의 속에는 원래도 익힌 재료를 넣으니 남은 고기를 재활용해도 크게 영향이 없다. 남은 불고기를 냉장 보관하다가 냉기가 가실 만큼만 전자레인지로 가열해서 빵이나 밥 속에 넣으면 된다.

모순 덩어리? 잡채

요리를 좋아해서 웬만한 음식은 집에서 곧잘 해 먹지만, 잡채만은 예외다. 들이는 노력에 비해서 보람이 작다는 생각 때문에 내 손으로는 잘 안 해 먹게 된다.

우선 재료가 많이 든다. 이것저것 조금씩 필요한 재료가 많아, 한 번 하고 나면 채소칸 한가득 쓰고 남은 재료들이 쌓인다. 손도 너무 많이 간다. 각각의 모든 재료를 일일이 채 썰고 따로 익혀야 한다. 모든 재료를 한 번에 볶아낼 수도 있지만 그렇게 하면 맛이 덜하다. 기왕 잡채를 하려고 마음먹었으면 제대로 하고 싶어서 좀 쉽게 할까 고민을 하다가도 결국엔 항상 제일 복잡한 방법으로 조리하게 된다.

더 큰 문제는 그렇게 공들여서 만들어도 보람이 상대적으로 덜하다는 사실이다. 똑같은 공을 들여 만들어도 갈비찜은 해놓고 나면 보람차다. 식탁 한가운데서 메인 요리의 위용을 뽐낸다.

밖에서 먹는 것보다 집에서 해 먹으면 같은 돈으로 훨씬 푸짐하게 먹을 수도 있다. 하지만 잡채는 정 반대다. 자주 해 먹지 않으니 시선을 끌기는 하지만 메인 요리로의 위용은 좀 부족하다. 으레 메인 요리하면 고기인데 잡채는 고기 요리도 아니고 식당에서 밑반찬으로도 자주 나온다. 재료를 미리 손질해 두고 버무리기만 하면 되니 대량 생산에 적합하기 때문이다.

냉동 보관이라도 되면 이왕 하는 김에 많이 해서 쟁여 놓기라도 할 텐데 그것도 아니다. 냉동했다가 다시 꺼내서 볶으면 잡채에 들어간 채소들이 흐물거린다. 못 먹을 정도는 아니지만 그래도 역시 맛이 떨어진다. 국수 치고는 드물게 냉장 보관이 가능하지만 그래도 오래 두고 먹기 어렵다. 냉장고에만 들어갔다 나와도 채소가 숨이 죽고 당면이 쪼그라든다.

그렇다고 안 해 먹기엔 잡채는 너무나도 매력적이다. 나는 특히 다양한 맛과 식감이 한입에 호로록 들어오는 그 순간이 좋다. 맛이 맵거나 자극적이지 않아 누구나 먹기 좋고, 색깔도 알록달록 예뻐서 식탁에 올려 뒀을 때 태도 난다. 그래서 잡채는 한정식 집에서 반드시 내는 반찬이기도 하다.

잡채가 이렇게 보편적인 음식이 된 데에는 당면의 역할이 크다. 이제는 많이 알려진 사실이지만 원래 잡채는 당면이 안 들어갔다. 이름 그대로 잡다하게 다양한 채소들로 만든 음식으로, 여러 가지 채소를 채 쳐서 익힌 요리였다. 당면이 대부분을 차지하는 지금 당면에 들어가는 재료들을 손질하고 익히는 것도 번거로운데, 당면이 없으면 더 힘들 수밖에 없다.

각종 재료가 들어가 알록달록한 잡채.

17세기 요리책인 『음식디미방』에는 잡채에 대해 다음과 같이 나온다. '오이채, 무, 댓무, 참버섯, 석이, 표고, 송이, 숙주나물은 생으로 하고, 도라지, 거여목, 박고지, 냉이, 미나리, 파, 두릅, 고사리, 승검초, 동아, 가지와 꿩고기는 삶아 실실이 찢어 놓는다.[7]' 양념을 제외해도 재료가 스무 가지나 쓰인다. 읽기만 해도 버겁다. 그래서 잡채는 잔치, 명절 때나 먹던 음식이었다. 당면이 아니었다면 결코 백반집의 밑반찬으로 만날 일은 없었을 것이다.

당면이 들어가면서 잡채의 위치는 조금 독특해졌다. 면 요리가 되었지만 파스타, 칼국수 등 다른 면 요리와 달리 그 자체로 주식이 되지는 않고 밥반찬으로 먹기 때문이다. 실제로 한 외국인 친구한테 잡채를 대체 왜 밥이랑 먹냐는 질문을 받은 적이 있다. 국수를 밥반찬으로 먹는 것이 이해가 가지 않는다는 것이다. 잡채를 밥반찬으로 먹는다면 비빔국수도 그렇게 먹을 수 있지 않냐고 반문했다. 곰곰이 생각해 보면 이상한 게 맞다. 우리나라에서 라면이나 칼국수와 밥을 먹기는 하지만 그건 어디까지나

7   김순희, 『한식(K-diet)을 말하다』, 한국건강식품연구소, 2017

국물에 밥을 말아 먹는 개념이니 좀 다르다. 잡채에 당면이 들어가며 음식 자체는 과거의 잡채와 크게 달라졌지만, 우리의 인식은 변하지 않은 것이다.

국수인데 반찬이고, 잔치 음식인 동시에 백반집의 흔한 밑반찬이고, 모두 좋아하는 음식이지만 좀처럼 만들게 되지는 않는다. 잡채는 참 모순덩어리다. 이 부분마저도 매력적으로 느껴지긴 하지만!

잡채 재료 채 썰기

잡채에 들어가는 재료들은 크기를 맞춰서 썬다. 크기가 같아야 재료별로 서로 다른 맛과 질감이 더 잘 비교된다. 이는 다른 음식을 할 때도 마찬가지다. 카레를 할 때는 카레 속 돼지고기, 감자, 당근의 크기를 비슷하게 하고, 잔치국수에 올라가는 고명도 크기를 비슷하게 한다.

질리는 법이 없다, 된장찌개

집밥을 생각하면 된장찌개가 떠오른다. 식탁 한가운데 놓인 동그란 뚝배기 안에 된장이 보글보글 끓고 그 중간중간 감자, 양파, 두부가 고개를 내밀고 있는 모습. 생각만 해도 그 구수한 냄새가 코에 어린다. 밥과 김치를 제외하고 살면서 가장 많이 먹은 음식을 꼽으라면 단연 된장찌개다. 세 보진 않았지만 틀림없다. 일주일에 세 번만 먹었다고 해도 수천 번은 먹었을 텐데 된장찌개는 도통 질리는 법이 없다. 다른 음식을 그만큼 먹었다면 지금쯤이면 냄새도 맡기 싫을 텐데 된장찌개는 싫기는커녕 냄새만 맡아도 배가 고파진다. 내 뼛속에는 이미 된장 맛이 새겨진 모양이다.

된장찌개를 끝도 없이 먹을 수 있는 이유는 또 있다. 된장찌개는 거의 무한에 가깝게 변형이 가능하다. 고기, 생선, 조개, 채소 등등 우리가 생각할 수 있는 대부분의 한식 재료는 된장찌개에 쓰인다. 그만큼 된장찌개는 다양하다.

어떤 재료든 넣을 수 있으니 아무래도 구하기 쉽고 맛있는 제철 재료를 많이 쓰게 된다. 그러다 보니 된장찌개는 계절의 맛을 알려주는 좋은 도구이기도 하다. 봄에 냉이나 달래를 넣어 겨우내 잠들었던 입맛을 깨우고, 여름에는 근대, 가을에는 아욱을 넣어 부드러운 맛을 즐기고, 겨울에는 시래기를 넣어 구수하게 즐긴다.

국물의 양이나 상에 내는 형태를 바꿀 수도 있다. 같은 재료를 쓴 된장찌개라도 국물의 양을 늘리고 뚝배기 대신 국그릇에 따로 담아내면 된장국이 된다. 들어가는 재료에 좀 더 중점을 둬서 탕으로 낼 수도 있다.

이렇게 모습이 다양한 된장찌개지만, '보통의' 된장찌개도 있다. 멸치 육수를 내서 두부, 감자, 양파를 넣고 끓인 된장찌개다. 된장찌개를 생각하면 가장 먼저 떠오르는 바로 그 찌개다. 다른 된장찌개에는 '냉이' 된장찌개, '차돌박이' 된장찌개처럼 접두사가 붙지만 이 된장찌개는 그렇지 않다. 집에 있는 재료로 부담 없이 끓여내서 일상적으로 먹는 바로 그것이다. 하지만 된장찌개가 이런 모습이 된 것은 의외로 오래되지 않았다. 쓰이는 재료들 때문이다. 멸치 육수, 감자, 양파는 지금이야 너무나도 당연한 음식 재료이지만 정작 널리 쓰인 지는 얼마 안 됐다. 감자와 양파는 개화기에 들어온 재료이고, 멸치로 육수를 내게 된 것도 일제 강점기를 거치면서부터다. 그전에는 육수 재료로 멸치가 아닌 마른 새우, 말린 청어를 주로 사용했고, 부유한 집은 소고기 등을 썼으며, 이도 저도 아니면 쌀뜨물이나 맹물을 썼다.[8] 들어가는 부재료도 제철 잎채소가 많았다. 식자재의 변화에 맞게 된장찌개의 모습이 유연하게 바뀌어 온 것이다.

된장찌개가 이토록 유연할 수 있는 건 모두 된장 덕분이다. 된장의 구수함과 감칠맛은 어떤 재료와도 잘 어울린다. 여러 가지 재료를 써도 재료의 각기 다른 맛을 잘 어울러 준다. 된장은 아주 오래전부터 우리 맛의 중심이었다. 심지어 삼국 시대 이전에도 된장을 먹었던 것으로 추정된다. 된장의 재료, 대두는 한반도 전역에서 난다. 지금 대두는 플라스틱의 재료로도 쓰일 만큼 세계적으로 가장 많이 생산되고 활용되지만 원래는 우리나라와 만주 지역이 원산지로 우리나라와 중국 동북부에서 많이 먹던 곡물이다. 우리는 이 대두를 활용해 부족한 단백질도 섭취하고 음식에 맛도 냈다.

매일 먹는 된장은 어떻게 만들어지는 걸까 찾아봤다가 의외로 방법이 간단하길래 된장 만들기에 도전한 적이 있다. 재료도 콩과 소금, 물 세 가지뿐이다. 콩을 삶아 메주를 쑤고, 말려 발효시킨다. 그 뒤 소금물에 넣어 다시 발효시킨 후 메주를 건져내 으깨면 완성이었다. 하지만 이 간단한 레시피에는 수많은 노력과 고난이 숨겨져 있었다.

대두는 하룻밤 불렸다가 적어도 대여섯 시간 삶아야 한다. 하지만 절로 삶아지는 건 아니다. 중간중간 끓어 넘치지 않도록 삶는 내내 지켜보며 불을 조절해 주고 저어 줘야 했다.

---

8 프레시안, 「옛사람도 우리처럼 된장찌개를 먹었을까?」,
   https://www.pressian.com/pages/articles/100107, 2010

온종일 콩을 삶으며 저어 주고 퍼내고 메주를 빚자니 손목이 나갈 지경이었다. 메주를 발효시킬 때는 혹시 채 발효되기도 전에 썩지는 않을까, 온도와 습도는 괜찮을까 내내 노심초사했고, 메주를 소금물에 담글 때도 담그는 시기에 맞춰 레시피의 염도를 조절해야 했다. 햇빛이 날 때마다 독 안에 햇빛이 닿게 하려면 낮 동안 집에 있으면서 내내 메주독을 신경 써야 했다. 그렇게 어찌어찌 6개월여 만에 된장을 만들어 냈다. 발효는 사람이 아닌 자연이 하는 것이라고 하지만 사람이 6개월 동안 매일매일 신경을 써야 무사히 된장을 만들어 낼 수 있었다.

직접 된장을 만들어 보니 된장찌개와 라면이 꽤 비슷하다는 생각이 들었다. 두 음식 다 맛의 대부분은 이미 완성되어 있다. 덕분에 조리는 아주 간편하다. 라면은 수프와 면만 넣으면 되고 된장찌개도 된장과 육수만 있으면 쉽게 끓일 수 있다. 부재료는 냉장고에 있는 아무거나 꺼내 넣으면 된다. 난이도로 따지자면 된장찌개는 라면의 다음 단계 정도다. 하지만 그 사전 과정은 만만치 않다. 적어도 반년여의 시간과 노력이 필요하다. 라면도 끓이기는 쉽지만 제품 하나를 만들려면 많은 공정을 거쳐야 하는 것과 마찬가지다.

두 음식은 활용도가 높은 점도 닮았다. 라면에는 만두, 치즈, 떡, 고기 등 다양한 재료를 넣을 수 있다. 웬만하면 다 잘 어울린다. 때로는 라면 수프만 빼서 다른 요리에 활용하기도 좋아서 소위 '마법 수프'라고도 불린다. 된장찌개도 그렇다. 어떤 재료를 넣어도 잘 어울린다. 때로는 마법 수프처럼 된장을 무침, 탕 등

끓이기 쉽고 맛있는 된장찌개는 요리 초심자의 단골 메뉴이기도 하다.

다른 요리에 쓴다. 된장은 라면이 없던 시절의 라면 수프였던 셈
이다.

하지만 된장과 라면의 맛은 전혀 다르다. 자신의 존재감을 강
하게 드러내는 라면 수프와 달리 된장은 자신의 맛을 은은하게
깔아 둔다. 라면에는 다른 재료를 넣어도 라면의 강한 맛이 재료
의 맛을 누르지만 된장은 다르다. 쓰이는 부재료에 따라 맛이 확
연히 바뀐다. 같은 된장으로 끓인 된장찌개라도 냉이 대신 아욱
을 넣으면 전혀 다르다. 마치 딴 음식 같다.

된장의 맛 자체도 다양하다. 된장의 재료는 대두뿐인데 된장
의 맛은 하나도 같은 것이 없다. 된장의 맛은 집집마다 다르고,
같은 집 된장 맛도 해마다 다르다. 라면 맛도 제조사마다 다르긴
하지만, 동일한 원료를 쓴다면 이만큼 다를 수는 없을 것이다.
심지어는 같은 된장, 같은 재료, 같은 방법으로 끓인 된장찌개도

끓이는 사람에 따라 맛이 다르다. 이를테면 우리 외갓집 된장으로 엄마가 끓인 된장찌개에서는 게 맛이 난다. 게도 게 맛 조미료도 전혀 들어가지 않았는데 이상한 일이다. 이러니 된장찌개는 질리는 법이 없다.

Tip 된장찌개, 얼마나 끓여야 할까?

된장이 국물과 분리되지 않고 잘 섞일 때까지 끓인다. 된장을 넣고 물이 끓기 시작하면 채소를 넣는데 그때부터 10분 정도 끓이면 딱 맛있다. 그전에는 흔들어 섞기 전의 막걸리처럼 된장이 국물과 분리되어 있다. 10분 정도 끓여야 잘 어우러진 상태가 된다. 반면에 이 이상 끓이면 채소가 너무 흐물거리게 된다. 집 된장은 끓일수록 국물이 시원해지므로, 더 끓이고 싶다면 된장을 풀어 넣은 후 좀 끓이다가 채소를 넣으면 된다. 하지만 시판 된장은 10분 이상 오래 끓이면 국물 자체가 맛이 없어진다. 제품마다 다르긴 하지만 오래 끓이면 국물이 끈적해지고 달아져, 식감을 해치는 경우가 많다.

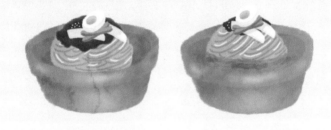

맛에는 정답이 없는데, 냉면

"나는 평양냉면 맛을 잘 모르겠어." 평양냉면을 먹으러 가자고 하면 간혹 듣는 얘기다. 참 묘한 답이다. 보통 어떤 음식을 먹으러 가자고 권했을 때 싫으면 그 음식을 안 좋아한다든지 못 먹는다든지 직접적으로 표현을 한다. 그런데 유독 평양냉면만은 '맛을 잘 모르겠다'고 돌려서 표현하는 사람이 많다. 그만큼 평양냉면의 맛은 '알아야 하는 것'으로 여겨지곤 한다.

평양냉면의 맛은 '요즘 입맛'에 잘 안 맞다. 맵지도 달지도 않고 그렇다고 걸쭉하지도 않은 평양냉면의 맛은 맵고 달고 자극적인 맛에 길들여진 젊은 세대들의 입맛과 정 반대에 서 있다. 그렇다고 안 먹고 말기엔 평양냉면의 위치가 조금 묘하다. 남북 이슈가 있을 때마다 화제가 되고, 잊을 만하면 인기 연예인이 마니아 선언을 하거나 인기 예능에 등장한다. 그러니 평양냉면의 맛은 내 마음에 안 든다고 안 먹고 말아 버릴 수 없는, 배워서라도 먹어 보고 싶은 어른의 맛이 되었다. 이런 평양냉면의 이미지는 갈 수 없는 지방의 음식이라는 환상성이 더해져 갈수록 강화되어 갔다.

그러다 보니 평양냉면을 먹을 줄 알고 잘 안다는 것 자체가 하나의 자랑거리가 되기도 했다. 이런 모습을 비꼬는 '평부심 부린다', '면스플레인 당하다' 같은 신조어들도 생겼다. 평부심은 평양냉면 자부심의 줄임말이고, 면스플레인은 여자들 앞에서 으스대듯 말하는 남자를 비꼬는 단어, '맨스플레인'의 변형이다. 음식과 관련된 이야기는 보통 음식의 맛과 그 자리의 흥을 돋우기 마련인데 평양냉면에 대해서만은 유독 선을 넘고 듣는 이를 불편하게 하는 경우가 많아 이런 신조어까지 생겼다.

평양냉면집에서 실제로 평부심을 부리는 모습을 목격한 적이 있다. 잘 먹고 있는 사람에게 평양냉면집의 계보 설명부터 면을 자르면 안 된다느니 식초와 겨자를 치는 걸 보니 맛을 모른다느니 원래는 쇠젓가락을 쓰면 안 된다느니 면스플레인을 하고 있었다. 옆 테이블에 있는 나마저 체할 지경이었다.

하지만 남북 정상회담을 계기로 이런 광경도, 평양냉면에 대한 부담감도 많이 줄어든 듯하다. 남북의 두 정상이 함께 평양냉면을 먹는 모습은 평양냉면에 대한 부담감과 호불호를 넘어서 모두가 평양냉면집 앞에 줄을 서게 했다. 게다가 정상회담 시 비추어진 진짜 평양의 냉면은 흔히 면스플레인 되던 것과 달리 양념장도 쓰고 쇠젓가락도 사용하고 있었다. 우리에겐 과거에 멈춰 있던 평양냉면이 북에서는 계속해서 변해 온 것이다. 더 이상

평양냉면.

면스플레인 하기엔 멋쩍은 상황이 되었고 면스플레인 당하던 이들도 할 말이 생겼다. 현재 이북의 평양냉면을 전 국민이 보게된 것을 계기로 평양냉면은 과거에서 빠져나와 오늘의 음식이되었다.

평양냉면은 평양을 비롯한 평안도 지방에서 먹던 음식이다. 고기 육수와 동치미 국물을 섞은 국물에 메밀면을 넣은 것이다. 대개 냉면 하면 평양냉면과 진주냉면을 꼽았다고 할 만큼 예로부터 인기 있었다. 우리가 자극적인 맛에 길들여지기 전에는 평양냉면의 맛도 꽤 대중적이었던 모양이다. 일제 강점기 때, 평양냉면은 가장 인기 있는 외식 음식 중 하나였다. 체면 때문에 평민들과 섞여 외식하지 않는 양반들과 여성들을 위해 배달 서비스도 활발했다고 한다.

냉면은 평양냉면 말고도 여러 가지가 있다. 냉면은 말 그대로

'차가운 면'이다. 단어 뜻만 놓고 보면 뜨거운 면이 아니면 다 냉면이라고 할 수 있다. 범위가 굉장히 넓다. 면의 재료도 메밀, 감자 전분, 고구마 전분, 밀까지 다양하고, 국물이 있는 것도 있고 없는 것도 있으며, 양념이나 고명조차 다양하다.

하지만 모든 차가운 면을 냉면이라고 부르지는 않는다. 대표적인 예가 막국수다. 막국수도 시원하게 먹는 면이지만 냉면이라고 하지 않는다. 과거에는 막국수도 냉면이라고 부르는 경우가 있었다고 하지만 지금은 아니다. 평양냉면처럼 메밀로 면을 뽑고 동치미 국물을 쓰며 비빔막국수의 양념장도 비빔냉면의 양념장과 거의 비슷한데도 그렇다. 냉면이다, 아니다의 구분은 관습의 영향이 크다.

냉면은 겨울철 별미였다. 냉장 시설이 없던 시절이니 냉면을 시원하게 즐기려면 겨울이어야 했다. 요즘은 냉장 시설이 발달했으니 이 설명만으로는 이제 굳이 겨울에 냉면을 먹을 필요가 없다. 하지만 평양냉면처럼 메밀면을 쓰는 냉면은 꼭 한 번은 겨울철에 먹어 보자. 메밀은 겨울이 제철이기 때문이다. 메밀은 맛이 곧잘 변한다. 보관을 할수록 맛과 향이 옅어지고 열에도 약

(좌) 막국수. (우) 비빔막국수.

하다. 냉면 전문점에서는 통메밀을 보관했다가 사용하는 당일에 제분하기도 하지만 아무리 그래도 제철 메밀은 못 당한다. 가장 맛있는 평양냉면을 먹으려면 메밀을 수확하는 11월이어야 한다. 막국수도 마찬가지다.

냉면의 종류에도 여러 가지가 있다. 냉면의 이름은 그 냉면이 유래한 지역명을 따는 경우가 많았다. 평양냉면, 함흥냉면, 진주냉면이 대표적이다. 함흥냉면은 전분으로 만든 면에 고추장 양념을 비벼 먹는다. 회무침을 올리는 경우도 많다. 재미있는 사실은 함흥냉면은 함흥에는 없다는 점이다. 함흥에는 함흥국수라고 감자 전분으로 만든 국수가 있는데, 함흥 출신 실향민들이 이 국수를 개량해서 만든 것이 바로 함흥냉면이다. 진주냉면은 경남 진주의 냉면으로 육수에 해산물을 섞고 육전을 올린 것이 특징이다. 조선 시대부터 명성이 있었다고 하나 20세기 들어 명맥이 끊겼다가 복원됐다. 연천냉면, 부산밀면 등도 있다.

한때는 물냉면 하면 당연히 평양냉면, 비빔냉면 하면 오로지 함흥냉면일 때도 있었다. 하지만 요즘에는 지역 계보가 없는 물냉면, 비빔냉면도 많다. 지역을 중심으로 발전한 냉면들이 사람들의 입맛에 따라 새로운 모습으로 재탄생한 것이다. 냉면에 지역명이 붙지 않았다면 이런 냉면이라고 볼 수 있다. 보통 고깃집 후식 냉면이나 분식집 냉면도 그렇고 평양냉면 전문점에서 파는 비빔냉면, 함흥냉면 전문점에서 파는 물냉면도 마찬가지다. 냉면 전문점에서 자신만의 레시피로 만들기도 하고, 공장 제품을 떼서 쓰는 경우도 많다. 공장 제품은 식당에서 조리했을 뿐 레토

(좌) 진주냉면. (우) 함흥냉면.

르트 식품이나 다름없다. 직접 만든 냉면과는 차이가 큰 경우가 많은데, 비싼 메밀 대신 전분이나 밀가루 위주로 면을 만들고, 육수나 양념장도 자극적이다. 하지만 저렴한 맛으로 시원하게 즐기기엔 나쁘지 않다.

냉면집에 가면 면수를 주는지, 수육을 따로 파는지 살펴보자. 메밀면을 직접 뽑거나 그에 버금가게 좋은 면을 쓰는 가게는 면수를 주고, 국물을 손수 만드는 가게는 국물을 내고 난 수육을 판매해 메뉴 구성의 효율을 높인다. 사실 냉면을 직접 만드는지 여부는 냉면의 가격이나 메뉴판 설명을 통해 쉽게 알 수 있다. 하지만 이런 간접적인 방법을 통해 수제 냉면의 여부를 판별해 보고 그 흔적을 음미해 보는 것도 또 다른 재미다.

평양냉면도 맛이 여러 가지다. 흔히 말하는 '슴슴한' 맛이 나는 곳이 있고 식힌 곰탕처럼 육향이 진하게 나는 곳이 있다. 전자의 경우 처음 먹는 사람은 맛을 잘 느끼기 어렵다. 이럴 때는 기름기가 많은 이북 음식을 함께 먹어 보기를 권한다. 전문적으로 냉면을 파는 곳에서는 수육 외에 녹두전, 순대 등 이북 음식도 함께 취급하기도 한다. 이 음식을 사이드 메뉴로 시켜 먹어보자. 기름진 순대를 먹고 평양냉면을 먹으면 순대의 느끼한 맛이 싹 씻겨 내려가며 냉면의 깔끔한 맛이 도드라지게 느껴진다. 그리고 또다시 순대를 먹으면 냉면으로 입이 개운해진 덕에 기름지게만 느껴지던 순대 맛이 다채롭게 느껴진다. 와인은 같은 지역에서 나는 식재료로 만든 음식과 가장 잘 어울린다고 하듯, 평양냉면도 이북 음식과 가장 궁합이 좋다.

인삼이 없어도, 삼계탕

매년 복날이면 점심시간마다 전쟁이다. 회사 근처 삼계탕집은 몇 집 되지도 않는데 이날만 되면 모든 사람이 삼계탕만 찾는다. 나도 마찬가지고. 복날은 예약도 안 되니 최대한 일찍 삼계탕집으로 달려가 보지만 단 한 번도 기다리지 않은 적이 없다. 기다렸다 먹으면 항상 점심시간을 초과하기 마련이고 결국 먹고 나서 헐레벌떡 사무실로 돌아가게 된다. 운이 좋으면 다른 사람들도 아직 돌아오지 못한 경우도 있지만 어찌 됐건 더운 날 서둘러 돌아오느라 이미 땀범벅이 된 후다. 다음번에는 그냥 포기해야겠다고 생각을 하지만 중복에도, 말복에도, 그다음 해 복날에도 당연히 점심 메뉴는 삼계탕이다.

삼계탕은 우리나라 대표 보양 음식이다. 삼복더위에 몸을 보양하기 위해 찾는 복달임 음식이기도 하다. 삼계탕(蔘鷄湯)은 인삼 삼(蔘)자와 닭 계(鷄)자를 사용한다. 사용된 한자 그대로 인삼과 닭을 넣은 탕이다. 사실 인삼보다 닭이 주재료니 굳이 이름에 인삼을 넣더라도 닭 계자를 앞에 두어 계삼탕이라고 부르는 게 자연스럽다. 실제로 예전에는 그렇게 불렀다. 하지만 귀한 인삼이 들어갔다는 것을 강조하기 위해서인지 어느 순간 글자의 순서가 바뀌었다. 삼계탕집에 가면 인삼주를 주는 경우가 많은데, 이 또한 인삼이 쓰인 것을 강조하기 위함이다.

인삼은 삼계탕을 다른 닭 요리와 구분하는 가장 큰 차이점이다. 백숙과 닭한마리도 닭을 삶은 음식이지만 인삼이 들어가지 않아 삼계탕이 될 수 없다. 물론 백숙과 닭한마리도 각각의 특징이 있다. 백숙은 별 양념 없이 물에 넣어 푹 삶은 고기를 뜻한다. 사전적인 의미만 따지자면 돼지고기 수육도 백숙이지만 일반적으로는 닭 요리만 백숙이라고 한다. 닭한마리는 삼계탕과 백숙에 비해 요리 전체에서 닭이 차지하는 비중이 상대적으로 작다. 함께 먹는 감자, 버섯, 칼국수 등의 비중을 무시할 수 없다.

사실 요즘에는 삼계탕이 닭 요리의 대표처럼 되어서 인삼이 안 들어가더라도 닭을 물에 넣고 푹 삶은 음식은 모두 삼계탕이라고 부르는 경향이 있다. 예를 들어 집에서 1킬로그램이 넘는 닭 한 마리를 황기, 대추를 넣고 푹 삶아서 세 식구가 나눠 먹어도 '삼계탕을 먹었다'고 한다. 요즘에는 마트에서 큰 티백 형식으로 삼계탕 부재료를 넣어서 파는데 여기에도 인삼은 없다. 이 팩은 보통 황기와 대추로 구성되어 있다. 특히 황기는 인삼과 비슷한 맛이 난다고 해서 인삼 대신 많이 쓰인다.

삼계탕이 복달임 음식으로 대중화된 것은 20세기 후반 들어서

다. 예전에는 복달임 음식 하면 개고기를 육개장처럼 끓인 개장국이 대표적이었다. 개장국의 다른 이름이 보신탕인 이유도 몸을 보하기 위한 음식 하면 곧 개장국이었기 때문이다. 닭은 주로 백숙으로 먹었다. 삼계탕이 본격적으로 등장한 것은 일제 강점기 때였다. 하지만 닭도 귀하고 인삼도 귀하니 여전히 일반적이지는 않았다. 형태도 지금과 조금 달랐는데, 인삼은 나라에서 독점 판매하는 품목이라 민간에는 인삼 가루만 유통됐다. 그래서 초기의 삼계탕에는 인삼이 아닌 인삼 가루가 들어갔다.

하지만 60년대를 넘어서며 인삼이 민간에 유통됐고, 이즈음부터 삼계탕이 본격적으로 대중의 사랑을 받기 시작했다. 이 변화에는 개고기에 대한 선호가 줄어든 것도 한몫했다. 특히 86아시안 게임과 88올림픽을 앞두고 정부에서 적극적으로 개고기 판

닭백숙.

매를 규제했고, 보신탕집들이 하나둘 자취를 감추면서 삼계탕이 본격적으로 득세했다.

삼계탕이 대중화되면서 삼계탕에 쓰인 닭도 점차 작아졌다. 원래는 백숙에 쓰이는 큰 닭으로 끓였지만 점차 크기가 작아져서 지금은 개인 뚝배기에 쏙 들어가는 작은 닭을 가장 많이 쓴다. 포장지에 붙어 있는 호수로 치면 5~7호다. 호가 올라갈수록 커지고 호별로 약 100g씩 차이가 난다. 5호는 500g 정도 된다. 닭은 한 달 남짓 키운다. 십 년 정도 되는 닭의 수명을 생각한다면 굉장히 짧은 기간이다. 영계라고 부르지만 사실 병아리다. 학교 앞에서 파는 병아리를 운 좋게 한 달 가까이 키우는 데 성공했다면 삼계탕용 영계를 키운 데 성공한 것이나 마찬가지다. 병아리를 먹는 것이니 당연히 삼계탕 속 닭은 부드럽다. 대신 맛도 연하다. 국물 맛이 제대로 우러나지 않는다. 하지만 영계는 상

들깨삼계탕. 들깨가루가 잔뜩 들어간 국물이 걸쭉하다.

업적으로 가장 효율이 좋은 닭이다. 닭은 부화 후 30일까지 급격하게 성장하고 그 이후에는 성장속도가 크게 둔화되기 때문이다. 이런 영계는 다른 닭요리에 쓰기에는 작지만 삼계탕이라면 '1인용 닭'으로 충분히 활용할 수 있다. 그래서 삼계탕용 닭에는 영계가 많이 쓰인다.

삼계탕은 양념이 강하지 않아 닭 자체의 맛과 품질이 중요하다. 당연히 닭의 품종에 따라서도 맛이 크게 달라진다. 특히 삼계탕에는 외래종 중에서도 '백세미'라고 불리는 잡종 닭을 많이 쓴다. 닭은 부화시킬 알을 낳는 종계, 알은 낳지 않고 오로지 닭고기를 얻기 위해 키우는 육계, 식용 달걀을 낳는 산란계로 나뉘는데, 백세미는 종계 닭이 아닌 산란계 닭이 낳은 달걀을 부화시킨 것이다. 백세미의 어미 닭인 산란계 닭은 종계 닭에 비해 위생규정이 느슨해서 논란이 많지만 상대적으로 가격이 저렴하다. 백세미가 아니라도 현재 시장에 유통되는 삼계탕용 닭은 거의 다 외래종이다. 사실 삼계탕용 닭뿐 아니라 치킨용 닭, 알을 낳는 닭 모두 그렇다. 일제 강점기와 미군정기, 한국전쟁 후 미국의 원조 시기를 거치면서 서서히 외래종 닭이 시장을 장악했다. 외래종은 빨리 자라고 알도 많이 낳아 생산성이 좋고, 선호 부위인 가슴살과 다리살도 토종닭보다 훨씬 두껍다. 생산성에서 밀린 토종닭은 자취를 감췄다. 심지어 일부 품종은 아예 사라져 버렸다.

그런데 요즘 그 토종닭이 점차 부활하고 있다. 대형 마트 정육 코너에서도 가끔 토종닭이 눈에 띈다. 그 토종닭으로 끓인 삼계탕과 일반 닭으로 끓인 삼계탕을 비교해 보면 확실히 맛이 다르다. 토종닭 쪽이 훨씬 육향이 강하고 살도 찰지다. 물론 가격 차이는 있지만 크게 부담스럽지는 않은 수준이다. 혹시 장을 보다가 토종닭을 발견했다면 꼭 한번 사 보길 추천한다.

내가 삼계탕을 끓일 때는 실온의 맹물에 닭을 넣고 끓이기 시작한다. 처음부터 닭을 넣어야 여러 가지 맛이 충분히 느껴지는 육수를 만들 수 있다. 물의 온도에 따라 빠져나오는 맛의 성분이 다르기 때문이다. 물이 뜨거워진 후 닭을 넣으면, 실온에 넣어 끓인 것과 비교했을 때 국물의 맛이 너무 가볍고 단조롭다.

인삼 등 한약재를 먼저 우려낸 후 그 물에 삼계탕을 끓이는 레시피도 있지만 개인적으로는 좋아하지 않는다. 한약재의 맛이 너무 강해져 닭의 맛을 가리기 때문이다.

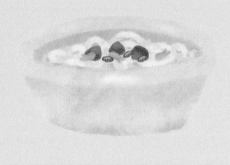

부드럽게 강하다, 칼국수

광장시장에 가면 꼭 칼국수를 먹는다. 마약김밥이나 빈대떡처럼 유명한 음식이 많지만 나는 항상 칼국수다. 시장 한쪽에 가면 칼국수를 파는 노점들이 모여 있다. 커다란 밀가루 반죽과 펄펄 끓는 솥이 눈에 띈다. 주문하면 즉석에서 밀가루 반죽을 몇 번 더 치대고 슥슥 썰어 칼국수를 내준다. 원하는 면의 두께를 얘기하면 그에 맞추어 주기도 하는데 나는 개인적으로 얇은 면을 좋아한다. 야들야들하게 익은 칼국수 면을 건져 올려 따뜻한 국물과 함께 먹으면, 시장을 돌아다니느라 지친 내 몸도 부드럽게 풀어지는 듯하다.

칼국수는 말 그대로 칼로 썰어낸 면이다. 밀가루 반죽을 얇게 펴서 돌돌 말아 슥슥 썰어낸다. 밀로 국수를 만들 때 가장 일반적으로 쓰였던 제면법이다. 하지만 흔히 먹는 음식은 아니었다. 소면 편에서 잠깐 언급한 것과 같이 옛날에 밀은 아주 귀한 재료

칼국수를 써는 모습.

였다. 귀한 밀가루가 주재료니 칼국수도 귀했다. 양반집이나 부잣집에서 명절이나 잔칫날 먹던 음식이었다. 서민들은 메밀로 만든 국수를 더 많이 먹었다. 메밀은 찰기가 없어 칼국수로 만들지는 못하고 구멍이 송송 난 국수틀에 반죽을 넣고 눌러서 면을 뽑아냈다.

칼국수는 면 자체를 뜻하지만 동시에 이 면을 활용한 요리를 말하기도 한다. 칼국수는 끓이는 방법에 따라 제물국수와 건진국수 두 종류로 나뉜다. 단어가 좀 낯설 수도 있지만 실은 아주 직관적인 명칭이다. 제물국수는 육수, 즉 '제물'에 면을 삶은 것이고, 건진국수는 국수를 따로 삶아 '건진' 후 육수를 부어낸 것이다. 제물국수가 조금 더 일반적이다. 육수의 종류에 따라서도 나뉜다. 칼국수에 사용되는 육수는 멸치 육수, 사골 육수, 해산물 육수, 채소 육수 등 다양하다. 해산물 육수를 쓴 칼국수는 서해안의 명물로 유명하다. 서해안 관광지의 맛집을 검색하면 십중팔구는 바지락 칼국숫집이다. 그 지역에 많이 나는 바지락으로 육수를 내 칼국수를 끓여 먹던 것이 관광객들을 대상으로 한 장사가 되었다. 조금 더 독특한 형식으로는 팥죽에 칼국수 면을 넣은 팥칼국수나 장을 풀어 양념한 장칼국수도 있다. 장칼국수는 강원도의 명물이기도 하다.

칼국수는 부드러운 맛이 특징이다. 라면은 꼬들꼬들하게, 파스타는 알단테로, 쫄면은 쫄깃하게 즐기지만 칼국수 면은 부드럽게 먹는다. 애초에 면도 푹 익히는 데다 먹는 동안 뜨거운 육수 속에서 더 불어난다. 국물에도 자극적인 양념은 하지 않는다. 그래서 노인 분들이나 아이들이 먹기 좋은 음식이라고 생각하기 쉽지만 사실 칼국수는 은근히 자극적이다. 높은 나트륨 함량 때문이다. 안 그래도 국물 요리는 나트륨 함량이 높은데, 칼국수는 면을 삶으면서 면에 함유된 소금이 국물에 녹아들어 국물이 더 짜진다. 나트륨 섭취를 주의해야 하는 사람이라면 신경 써야 할 부분이다. 하지만 덕분에 밥 말아 먹기는 좋다. 짭조름한 라면 국물에 밥을 말아 먹으면 맛있는 것과 같은 이치다. 참고로 찬밥을 마는 것이 맛있다. 라면 편에서 설명한 것과 같은 이유에서다.

(좌) 수제 면으로 끓인 칼국수. (우) 장으로 맛을 낸 장칼국수.

나트륨에 나트륨을 끼얹는 격이긴 하지만 칼국수를 먹을 때 김치를 빼놓을 수 없다. 오천 원짜리 칼국숫집에 가도 김치는 꼭 나온다. 칼국수에는 겉절이 김치가 잘 어울린다. 아삭아삭한 식감이 칼국수와 멋진 대조를 이룬다. 특히 서울의 유명한 칼국숫집, 명동 교자는 칼국수도 칼국수지만 김치 맛으로 유명하다. 김치에 마늘이 잔뜩 들어갔는데 마늘 맛 강하게 나는 김치가 양념 같은 역할을 해서 칼국수와 잘 어울린다.

대전은 잘 알려지지 않은 칼국수의 고장이다. 매년 칼국수 축제도 하고 칼국숫집도 많다. 대전시에 따르면 대전에는 약 1,700개의 칼국숫집이 있다고 한다. 칼국수는 한국전쟁 이후 미국의 원조 밀가루가 대량으로 들어오고, 이를 활용한 분식을 정부 차원에서 장려하면서 대중적인 음식이 되었다. 이때 남한의 중심에 위치해 교통이 편리한 대전이 밀가루의 집산 및 공급지가 되었는데 덕분에 대전에 유달리 칼국숫집이 많이 생겼다고 한다.

대전은 가락국수의 고장이기도 하다. 천안 하면 호두과자인 것처럼 예전에는 대전 하면 가락국수라는 이미지가 있었다. 대전역을 거치는 여행객들은 꼭 가락국수를 사 먹었다. 대전역은 과거에는 경부선과 호남선이 만나는 큰 환승역이었고, 열차들이 중간점검 혹은 방향전환을 위해 잠시 멈춰 설 수밖에 없었기 때문에 짧은 정차 시간 내 빠르게 먹을 수 있는 음식에 대한 수요가 있었는데 이를 가락국수가 채워 줬다. 싸고 빠르게 먹을 수 있는 다른 음식도 있었지만 하필이면 가락국수였던 까닭은 대전에 칼국숫집이 많은 것과 같은 이유가 아닐까 한다.

칼국수는 초보자가 도전하기 좋은 음식이다. 시판 면과 육수 팩만 사놓으면 만들 수 있다. 육수팩을 물에 넣고 끓이다가 면과 채소 몇 가지를 넣어 끓이면 완성이다. 라면과 크게 다르지 않다. 다른 국수 요리는 고명을 따로 준비해야 하지만 칼국수는 썰어서 육수에 넣기만 하니 특히 간편하다. 덕분에 라면 외에는 요리를 해 본 적 없는 아빠가 처음으로 도전한 음식도 바로 칼국수였다. 집에서 뭔가 해 먹어 보고 싶다면, 요리를 못하는 배우자나 연인에게 요리를 시키고 싶다면, 칼국수가 좋은 선택이 될 수 있다.

Tip 칼국수 국물의 걸쭉함 조절하기

칼국수를 끓이는 방법에 따라 국물의 점도가 달라진다. 육수에 칼국수를 그대로 넣고 제물 칼국수로 끓이면 걸쭉하고, 건진 칼국수로 국수를 따로 익혀 넣으면 깔끔하다. 칼국수 면에 붙은 밀가루가 전분처럼 국물에 부피감을 더하기 때문이다. 건진 칼국수의 깔끔한 국물은 좋지만 면에 맛이 배지 않는 점이 싫다면, 면을 한 번 씻은 후 제물 칼국수로 끓이자. 면 표면의 밀가루가 씻겨 나가 국물이 훨씬 깔끔해진다.

부활하다, 막걸리

가보고 싶은 막걸릿집이 있다. 다양한 종류의 막걸리와 한식 안주를 파는 곳인데, 그날 몇 병 정도 마실지 얘기하면 막걸리와 안주 코스를 구성해 준다고 한다. 예약도 안 되고 평일 저녁에도 항상 오픈 전부터 대기한다길래 아직 못 가 봤다. 비슷한 분위기의 막걸릿집이 몇 군데 있는데 모두 꽤 인기가 있다. 방문에 성공한 친구들이 SNS에 자랑하듯 올리면 부러워하는 댓글이 달리곤 한다.

막걸릿집이 이렇게 인기 있는 곳이 되다니 내가 대학을 다녔던 2000년대에는 상상도 못 했을 일이다. 그 당시 막걸리는 왠지 모르게 낡고 어두침침한 느낌이었다. 막걸리에서 연상되는 건 농활, 테이블이 끈적거리던 어두운 지하 주점, 대학 주점 때마다 리어카를 끌고 오던 막걸리 아저씨 정도였다.

그 시절, 그러니까 2000년대는 막걸리의 암흑기였다. 민중의 술이라는 타이틀을 맥주와 소주에 빼앗긴 지도 수십 년, 오래된 토속주라는 낡은 이미지만 입고 있었다. 하지만 2010년대에 이르러 크게 한 번 이미지 개선을 하면서 지금에 이르렀다.

막걸리는 오랫동안 가장 대중적이고 서민적인 술이었다. 막걸리는 쌀을 쪄서 누룩과 물을 섞은 후 며칠간 발효시킨 다음 걸러서 만든다. 약주는 막걸리에서 맑은 부분만 걸러서 만들고, 소주는 약주를 증류시켜서 만드니 막걸리에 비해서 나오는 양이 훨씬 적다. 그러니 다른 전통주에 비해 만들기 쉽고 가성비도 좋았다. 서민들이 집에서 담가 먹는 술도, 오다가다 주막에서 한 잔씩 사 마시던 술도 막걸리다. 요즘 말로 '국민 술'이라는 뜻에서 '국주'라고 불릴 정도였다.

내내 민중의 술로 사랑받던 막걸리가 내리막길을 걸은 건 20세기 들어서다. 일제 강점기부터 주세법을 시행해 허가받은 업체만 술을 빚게 하면서 더 이상 집에서 술을 빚지 못하게 되었다. 엎친 데 덮친 격으로 1960년대부터는 먹을 쌀도 부족하다는 이유로 정부에서 양곡관리법을 시행해 쌀로 술 빚는 걸 규제했다. 막걸리를 비롯한 대부분의 전통주는 쌀로 만드니 사실상 전통주 금주령이었다.

이런 금주령은 전에도 여러 번 있었다. 조선 시대에는 금주령을 내리며 왕 스스로 금주 선언을 하기도 했다. 그렇지만 술 마시던 사람들이 한순간에 술을 끊기란 어렵다. 금주령에도 불구하고 사람들은 몰래 술을 빚고 마셨고 덕분에 전통주는 살아남았다. 하지만 20세기의 양곡관리법이 막걸리에 미친 영향은 전에 없이 컸다. 이제는 쌀로 만든 술이 없어도 대신할 술들이 얼마든지 있었다. 보리로 만든 맥주, 고구마와 타피오카 등으로 만든 희석식 소주 등이 막걸리의 자리를 대신한 건 이때부터다.

막걸리 업체들도 활로를 찾으며 쌀로 만들던 막걸리를 밀로 만들었지만 맛이 다를 수밖에 없었다. 엎친 데 덮친 격으로 60년대에는 공업용 화학물질을 넣어 제조한 업체들이 적발되어 사회적으로 크게 이슈가 되었다. 막걸리를 싸고 빠르게 만들기 위해 카바이드라는 화학물질을 넣었다고 한다. 막걸리를 탄압하기 위해 꾸며낸 일이라는 음모론도 있었지만 어찌 됐든 이 사건으로 막걸리의 이미지는 크게 실추됐다. 대체 품목이 생겼는데 오히려 막걸리의 경쟁력은 떨어지니 자연히 살아남기 어려웠다.

하지만 다시 한번 기회가 찾아왔다. 2010년을 전후해 막걸리 붐이 일었다. 일본에서 한류 열풍과 함께 막걸리가 인기를 끌면서 우리나라에서도 막걸리가 재조명됐다. 젊은 세대가 막걸리를 찾기 시작했다. 계기는 그 무렵 등장한 막걸리 칵테일이었다. 과일, 요구르트 등을 섞어 만든 달콤한 맛의 막걸리는 기존의 고루한 느낌을 타파하는 데에 크게 일조했다. 이런 막걸리 칵테일은 술 못하는 사람들이 먹기도 부담이 없었다. 나 역시도 막걸리 칵테일을 통해 새로운 막걸리의 시대가 왔음을 체감하게 됐다.

또한 이런 막걸리 칵테일은 어두운 분위기의 막걸리 주점이 아니라 젊은 세대들이 가는 일반 주점에서 팔아서 여자들끼리 가기도 부담 없었다. 이때부터는 가끔 남이 마시자고 해야 마시던 막걸리를 스스로 찾아 마시기 시작했다.

이후 깔끔한 분위기의 막걸리 전문점이 생기면서 일반 막걸리에도 맛을 들이기 시작했고, 어느 날인가부터는 깔끔한 패키지의 막걸리가 마트에서 눈에 띄어 한두 번 사 마시다 보니 집에서 한잔할 때도 맥주 대신 막걸리를 먹는 경우가 늘었다.

　막걸리를 즐기는 방법에는 여러 단계가 있다. 1단계는 앞서 언급한 막걸리 전문점에 가 보는 것이다. 이런 전문점에는 마트에서 파는 것보다 다양한 종류의 막걸리를 판다. 취향에 따른 추천도 해 주기 때문에 입맛에 맞는 막걸리를 만날 확률이 높다. 2단계, 마음에 드는 막걸리를 만났다면 이름을 기억해 뒀다가 주문해 먹는다. 막걸리 등 전통주는 다른 술과 달리 온라인 구매가 가능하다. 신선한 막걸리를 바로 받아 마시는 재미가 쏠쏠하다. 3단계, 막걸리 직구를 시작한 김에 보다 다양한 막걸리에 도전해 본다. 특히 중소형 양조장에서 만든 막걸리들은 각각의 특성이 뚜렷한 편이다. 다양한 막걸리를 마셔 보고 입맛에 맞는 막걸리를 찾아본다. 마지막 4단계는 직접 빚어 보는 것이다. 막걸리 키트를 이용할 수도 있고 직접 재료를 구해 만들 수도 있다.

집에서 담근 막걸리. 발효가 되면 기포가 생기면서 병 속의 밥알이 춤을 춘다.

막걸리 키트를 쓴다면 키트 속 재료를 모두 섞고 짧게는 하루만 기다리면 막걸리가 완성된다. 키트를 사용하지 않고 직접 막걸리를 만드는 것도 그렇게 어렵지 않다. 재료만 따로 주문하고 며칠만 더 기다리면 된다.

함정은 4단계에 한번 들어서면 다시 돌아갈 수 없다는 사실이다. 내 경우엔 키트를 사용하지 않고 직접 만든다. 쌀과 물, 누룩만 있으면 되는데 누룩은 인터넷에서 쉽게 구할 수 있다. 고슬고슬 밥을 해서 누룩과 물을 섞어 집 안 가장 따뜻한 곳에 파카로 덮어 보관하면 내 역할은 끝. 만 3일 정도 기다리면 막걸리가 완성된다. 직접 빚은 막걸리는 처음 먹을 때는 깜짝 놀랄 만큼 맛있다. 잘 익은 김치에서 나는 시원한 신맛이 일품이다. 목 넘김도 정말 좋다. 맛있다고 마시다 보면 나도 모르는 새 알딸딸해지곤 한다. 원래 막걸리는 물을 넣어 알코올 도수를 낮추고 설탕이나 아스파탐을 더해 단맛을 더하지만 나는 막걸리 본연의 맛을 최대한 즐기려고 물도 단맛도 더하지 않고 먹는다. 이러니 파는 막걸리는 다시 마실 수가 없게 되었다. 직접 담근 막걸리가 다 떨어져 마트에서 막걸리를 샀다가 한 입만 먹고 말았다. 분명 예전에 맛있게 먹었던 막걸리였는데 낭패였다. 수제 막걸리의 늪에 빠져 버렸다.

Tip 막걸리를 마셔서 머리가 아픈 걸까?

　막걸리를 마시면 머리가 아프다고 하지만 엄밀히 말해서 이건 막걸리만의 문제는 아니다. 막걸리, 와인, 맥주 같은 발효주를 마시면 위스키, 보드카, 증류식 소주 등 증류주를 마실 때보다 숙취가 많이 발생한다. 숙취를 발생시키는 주요 요인 중 하나는 술에 포함된 아세트알데히드라는 성분이다. 그런데 증류주의 경우 술을 증류하는 과정에서 아세트알데히드가 걸러진다. 반면, 발효주에는 증류 과정이 없어 아세트알데히드가 그대로 남아 있다. 증류주를 마실 때보다 숙취가 더 심할 수밖에 없다.

음식 맛은 장맛, 고추장

　우리가 프랑스와 벨기에 음식을 구별하는 게 어렵듯 외국인에게도 한·중·일의 음식을 세세하게 구분하기란 쉽지 않다. 한국인인 우리가 보기엔 너무나도 다르지만 사실 큰 틀에서 세 나라의 음식은 유사점이 많다. 지리적으로 인접한 만큼 음식 문화도 많이 공유하고 있기 때문이다. 서양 음식과 비교해 보면 세 국가 음식 모두 쌀밥이 있고 콩을 발효시킨 장류를 많이 쓰며 국물 요리가 많다.

　외국인 친구들과 얘기하다가 한 친구가 내게 한국 음식이 중국, 일본 음식과 어떻게 다르냐고 물어본 적이 있다. 어떻게 설명해야 할까 고민을 하는데 다른 외국인 친구가 끼어들었다. 색깔을 보면 된다는 것이다. 음식에 빨간색이 많으면 한식이라고 했다. 듣고 보니 일리가 있었다. 지나치게 단순화시킨 감도 있긴 하지만 정말 한식은 빨갛다. 김치와 고추장 덕분이다. 두 가지다 한국 고유의 음식인 데다 매 끼 밥상에서 거의 빠지지 않으니 우리 밥상이 중국이나 일본에 비해 빨갈 수밖에 없다.

앞서 언급했듯 중국과 일본도 장류를 많이 쓴다. 두 나라 모두 된장, 간장과 비슷한 음식이 있다. 중국의 두반장과 장유, 일본의 미소와 쇼유가 각각 그 역할을 한다. 하지만 고추를 사용한 발효 장류가 있는 건 한국뿐이다. 중국 쓰촨 지역에 고추를 쓴 장이 있기는 하나 이는 발효 장이라기보단 고추기름에 가깝다.

중국이나 일본에 비해 우리나라에서 고추가 차지하는 비중은 아주 높다. 예로부터 우리나라에서는 고추가 음식맛을 내는 주요 양념으로 쓰였다. 자연히 장에도 고추를 넣어 보았을 테고, 그렇게 고추장이 탄생한 것으로 추정된다. 고추장은 된장, 간장과 함께 아주 오랫동안 우리 음식에 짠맛을 더하고 맛을 내는 핵심재료였다.

지금도 우리 밥상에 빠지지 않는 고추장이지만 고추장을 구하는 방법은 많이 달라졌다. 90년대까지만 해도 고추장은 집에서 담가 먹었다. 1992년도 경향신문 기사에 따르면 당시 성인의 11.5%가 고추장을 사 먹었다. 이 기사의 논지는 '장을 담가 먹는 사람이 적어졌다'지만, 반대로 생각하면 나머지 약 90%의 사람은 고추장을 담가 먹었다는 것이다. 지금으로서는 상상도 못하게 높은 비율이다. 요즘은 고추장을 사서 요리를 하기는커녕 레토르트 식품이나 외식으로 주로 식사를 하는 사람도 많다.

한식 탐험가를 자처하는 나조차도 결혼하고 한동안은 고추장을 사 먹었다. 직장 생활을 하며 주말에 밥 차려 먹는 것도 겨우

하는데 장 담그기가 웬 말이냐 싶었다. 하지만 고추장을 직접 담가 본 후 생각이 바뀌었다. 좋은 장에 대한 투자는 다른 그 어떤 음식에 대한 투자보다 가성비가 좋다.

고추장을 담그게 된 계기는 외할머니다. 외할머니는 종갓집 며느리로 수십 년간 큰 살림을 꾸려 오셨다. 그야말로 한식 레시피의 보고라 그 지식과 경험이 아까워 기회가 닿을 때마다 이것저것 배우다가 고추장까지 담가 보게 되었다.

직접 담가본 첫 고추장은 찹쌀고추장이었다. 보리고추장이나 멥쌀고추장 등 다른 고추장에 비해 색이 곱고 식감이 부드러우며 달콤한 맛이 특징이다. 비싼 찹쌀이 들어가는 만큼 가장 고급으로 친다. 기왕 만드는 고추장, 가장 좋은 것으로 만들게 해 주고 싶은 외할머니의 마음이었다. 경제적으로 넉넉했던 외갓집에서도 60년대 이전에는 찹쌀고추장을 먹지 못했다고 했다.

하지만 사실, 가장 비싼 고추장이라고 가장 맛있는 고추장은 아니다. 용도에 따라 어울리는 고추장이 따로 있다. 예를 들어 쌈장을 만들 때는 구수한 보리고추장이, 비빔밥 양념으로는 메줏가루 대신 엿을 넣어 달콤하고 부드러운 엿고추장이 좋다. 요즘은 집마다 보통 한 가지 고추장만 쓰지만, 취향과 용도에 맞게 다양한 고추장을 구비해서 사용할 수도 있다.

고추장을 만드는 과정은 생각보다는 어렵지 않았다. 엿기름물에 찹쌀가루를 삭히고 메줏가루, 고춧가루, 소금을 섞으면 된다. 3개월 정도 숙성을 시킨 후 먹는다. 예전에는 메줏가루도 고춧가루도 모두 만들어야 했지만 요즘에는 인터넷에서 손쉽게 구할

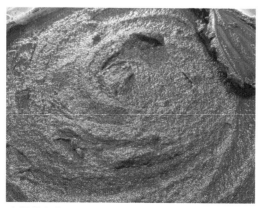
막 담근 찹쌀고추장. 숙성하면 색깔이 더 진해지고 전체적으로 윤이 난다.

수 있다.

　역시 직접 담근 고추장은 달랐다. 완성된 찹쌀고추장의 은은한 단맛과 부드러운 식감은 일품이었다. 결혼 후 한동안 시판 고추장만 먹다가 간만에 집 고추장을 먹으니 맛의 차이가 확연하게 느껴졌다. 시판 고추장의 텁텁한 맛이 전혀 없었다. 시판 고추장에는 전분 등 부가적인 재료가 쓰여서 음식에 많이 넣으면 텁텁해진다. 그래서 붉은 양념의 탕이나 조림을 할 때 고추장은 적게 넣고 고춧가루로 매운 맛을 내는 경우가 많은데, 내가 만든 고추장은 음식에 넣어도 텁텁해지지 않았다. 고추장이 맛있으니 고추장을 넣은 음식이 다 맛있어졌다. 고추장이 다 숙성되고 난 후에는 한동안 고추장으로 양념하는 음식만 주구장창 먹었다. 장 하나로 수십 가지 음식 맛이 다 좋아졌으니 이 정도면 일타 쌍피도 아니고 일타 서른피쯤 된다.

요리에 힘을 좀 쏟아 볼 예정이라면 고추장을 담가 보는 건 어떨까? 한 가지 음식을 할 노력으로 수십 가지 음식의 업그레이드된 맛을 느낄 수 있다. 고추장 만들기가 너무 어렵다면 잘 만든 고추장을 사 먹어 보는 것도 좋다. 요즘은 고추장을 직접 담가 파는 곳들도 많다. 생각보다 크게 비싸지 않고 온라인에서 쉽게 구할 수 있다. 음식은 장맛, 나만 경험하긴 아깝다.

– 재료: 엿기름 1kg, 물 6L, 찹쌀가루 2.5kg, 메줏가루 700g, 고춧가루 1.8kg, 소금 8cup(*1cup=200ml)

– 만드는 과정

(1) 엿기름을 물에 불린 후 여러 번 물을 부어 가며 짜서 엿기름물을 낸다.

(2) 엿기름 건더기는 버리고 물을 잠시 가라앉혀 윗물만 찜통에 붓는다.

(3) 찜통을 불 위에 올려 물이 미지근해지면 찹쌀가루를 풀어 넣고 낮은 불에서 저어 가며 삭힌다.

(4) 물이 맑아지기 시작하면 찹쌀이 잘 삭았다는 뜻이다. 불을 높여 센 불에 2시간가량 끓여 달인다.

(5) 큰 용기에 (4)를 붓고 따뜻할 때 메줏가루 전량과 소금 일부를 섞는다. 이때는 아직 소금이 녹지 않아 고추장이 까끌까끌해 보인다.

(6) (5)가 완전히 식으면 고춧가루, 나머지 소금을 넣고 섞는다.

(7) (6)을 큰 용기에 3일간 그대로 두고 매일 1번씩 소금이 녹게 젓는다.

(8) 소독한 항아리에 고추장을 넣고 소금을 끼얹는다.

(9) 삼베와 항아리 뚜껑을 덮어 3개월 이상 빛이 잘 드는 곳에서 숙성시킨다. 햇빛이 좋은 날이면 가끔 뚜껑을 열고 장에 햇빛을 쐬어 준다. 완성된 고추장은 처음보다 색이 깊고 반질반질 윤이 난다.

특별한 날을 더 특별하게, 갈비찜

    드디어 가장 특별한 음식을 얘기할 때가 왔다. 갈비찜 이야기다. 우리 집은 대학 합격, 취직, 생일 같은 이벤트가 있을 때마다 갈비찜을 먹었다. 그러다 보니 이제는 파블로프의 개가 된 것 같다. 사료를 주기 전에 항상 종을 울렸더니 나중에는 종소리만 들어도 침을 흘렸다는 그 개처럼 나도 별일이 없는 날에도 갈비찜을 먹으면 괜히 그날이 특별한 날처럼 느껴진다.

    갈비찜이 특별한 음식인 건 우리 집만은 아닐 것이다. 소갈비 자체가 워낙 비싼 데다 갈비찜으로 만드는 데 시간도 노력도 많이 든다. 갈비를 손질하고 데쳐서 양념에 재웠다가 한참을 익혀야 한다. 익히는 중에도 계속해서 기름을 걷어 내고 중간에 채소와 양념을 더해 준다. 심지어 채소는 밤톨처럼 동글동글하게 돌려 깎기도 한다. 집에서 하려면 못해도 하루는 걸린다. 평소에는 하기 힘들다. 사 먹으려면 더더욱 만만치 않다. 가격은 비싼데

큰 맘 먹고 집에서 한 갈비찜.

나오는 양이 얼마 되지 않고 그나마도 뼈가 절반이니 가게에서
파는 걸로는 2~3인분을 먹어도 배가 차지 않는 듯하다.

조금 저렴한 돼지갈비로도 갈비찜을 하지만 그건 내게 진정
한 갈비찜은 아니다. 돼지갈비찜도 좋아하긴 하지만 만약 엄마
가 갈비찜을 했다고 하고 돼지갈비찜을 주면 조금 실망할 것 같
다. 다른 사람들도 비슷한 모양이다. 사전에 찾아보면 갈비찜은
소갈비나 돼지갈비로 만든 음식이라고 되어 있기는 하지만 보통
갈비찜 하면 당연히 소갈비찜을 말한다. 돼지갈비로 만든 갈비
찜에는 반드시 '돼지'라는 수식어를 앞에 붙인다.

소고기 중에서도 갈비는 사람들이 특히 더 선호하는 부위다.
뼈에 붙어 감칠맛이 좋고 적당히 씹는 맛이 있는 갈비는 옛날부
터 우리나라 사람들이 가장 좋아하던 부위다. 구워 먹을 때면 갈
빗살부터 찾고, 심지어 이가 약해서 갈비를 못 먹거나 체면상 갈

비를 뜯지 못하는 사람들을 위해 갈빗살을 다져 만드는 떡갈비를 고안했다고도 한다. 갈비에 대한 선호는 소고기에만 국한되지 않는다. 돼지고기 중에도 돼지갈비를 특히 좋아한다. 사람들이 어찌나 좋아하는지 공급이 수요를 못 따라가 뼈에 다른 부위의 살을 붙여 돼지갈비라고 팔기도 한다. 심지어 갈비 부위도 아닌 닭고기를 두고 닭갈비라고 부르고 고등어도 고갈비라고 부른다.

아무튼 갈비는 사람들이 가장 많이 찾는 부위 중 하나인 만큼 소고기 중에도 특히 비싸다. 그래서 소갈비찜은 보편적인 음식은 아니었다. 지금에야 명절에 갈비찜을 많이 해 먹지만 예전에는 궁궐이나 세도가, 부잣집에서나 먹을 수 있는 음식이었다. 일반인들도 조금 무리를 하면 명절 때 갈비찜을 먹을 수 있게 된 것은 6~70년대 이르러서다. 맛 칼럼니스트 박정배 씨가 확인한 바에 따르면 62년자 동아일보에는 '넉넉하지 못한 살림에 어려운 일이라 생각하겠지만 일 년에 한 번쯤 나누어 봄 직한' 추석 음식으로 소개되던 갈비찜이, 67년자 매일경제에서는 설날이면 정육점에서 품귀현상을 빚을 정도의 명절 인기 품목이 된다. 76년에는 외국산 소고기가 수입되기 시작하면서 갈비찜은 더더욱 대중화된다.[9]

갈비찜으로 많이 쓰이는 LA갈비도 이렇게 수입된 외국산 갈비 중 하나다. 미국산 고기로 일반 갈비찜용 갈비와는 모양 자체가 다르다. 보통 갈비찜용 갈비는 뼈 모양이 그대로 살아 있고

9 조선일보, 「王家의 귀한 음식, 1950년대부터 명절 음식으로」,
   http://news.chosun.com/site/data/html_dir/2015/09/22/2015092200157.html, 2015

거기에 덩어리 살이 붙어 있지만 LA갈비는 갈빗살과 뼈가 수직으로 얇게 잘려 있다. 뼈가 많이 잘리는 만큼 뼛가루가 많이 나온다는 단점이 있지만 대신 가격이 저렴하다. 우리가 먹는 대로 갈비를 손질하자면 사람이 직접 손질을 해야 하는데, LA갈비식으로 손질하면 절단기를 이용해서 손질하기 때문에 품이 훨씬 적게 든다. LA에 많이 살던 1세대 교민들이 이렇게 손질된 갈비를 많이 사다 먹었고, 후에 이 갈비를 수입해 오면서 LA갈비라는 이름을 붙였다고 한다.

수입산 고기 덕분에 갈비찜을 다루는 식당도 많이 늘었다. 예전에는 아주 고급 고깃집이나 요릿집에서나 갈비찜을 팔았지만, 수입산 고기가 들어온 이후로는 조금 더 대중적인 식당에서도 갈비찜을 팔기 시작했다. 대중적인 갈비찜 중에는 매운맛 갈비찜이 많다. 간장 양념의 갈비찜과 구분하기 위해 찜갈비나 매운 갈비찜으로 부르곤 한다. 대구 동인동 찜갈비가 대표적인데, 고춧가루와 마늘이 많이 들어가 있다.

갈비찜은 외국 사람들도 좋아한다. 내 경험상 채식주의자나 힌두교도만 아니면 다들 좋아했다. 일단 외국인들이 먹었을 때 거부감이 없다. 소고기 덩어리를 푹 익힌 음식은 어느 나라에나 있고, 간장 양념도 일식을 통해 널리 알려져 있다. 낯설지 않은 데다 달고 짠맛의 조화가 좋은 고기 요리이니 채식주의자만 아니라면 거부감이 없다. 중요한 외국 손님을 대접할 일이 있다면 갈비찜을 강력하게 추천한다.

갈비찜은 좀처럼 남는 일이 없지만 만에 하나 남는다면 냉장고에 잘 보관해 두자. 이렇게 남은 갈비찜은 여러 가지로 활용할 수 있다.

가장 흔한 갈비찜 활용 레시피는 갈비볶음밥이나 갈비파스타다. 남은 고기를 잘게 찢고 양념을 넣어 밥이나 파스타와 볶으면 완성이다. 밥과 파스타 양 덕분에 적은 양의 갈비찜으로도 푸짐하게 먹을 수 있다.

나는 개인적으로 갈비찜을 데워 고추장 조금 넣고 밥과 비벼 먹는 걸 가장 좋아한다. 고추장은 보통 비빔밥 할 때 쓰는 양의 1/3 정도면 충분하다. 소량의 고추장은 은근히 입맛을 돋운다. 고기는 다 먹고 양념만 남은 경우에도 이렇게 먹을 수 있다. 육수가 응축되어 있고 떨어진 살점이 간간이 섞여 있는 양념은 고기 없이도 충분히 매력적이다.

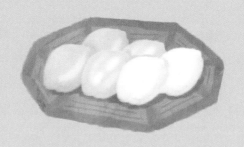

여전히 특별한, 떡

딸아이가 백일이 되던 날, 아침 일찍 일어나 백설기와 수수팥떡을 했다. 전날 밤에도 아이 때문에 밤잠을 설쳐 정신이 없었지만 그래도 백일 떡은 직접 해 주고 싶었다. 예로부터 눈처럼 하얀 백설기는 깨끗하고 신성한 음식으로, 수수팥떡은 액운을 쫓아 주는 음식으로 아이 백일상에 올랐다. 그런 데에 연연한 적 없었는데 괜히 딸에게는 챙겨 주고 싶은 생각이 들었다.

떡은 특별한 날을 기념하던 음식이다. 돌에도 백설기를 올렸고, 설날이면 떡국, 추석이면 송편을 먹었으며, 이삿날에는 이웃에 떡을 돌렸다. 먹을 것이 귀하던 시절 떡은 특별한 음식이었다. 떡의 재료인 쌀은 밥해 먹기에도 부족했다. 하지만 어느 집에나 있어서 서민들은 재료조차 구하기 힘들었던 육포, 고깃국 등 다른 귀한 음식에 비해서는 접근성이 높았다. 그래서 떡은 귀하긴 하지만 누구나 꿈꿀 수 있는 음식이었다. 덕분에 '떡'이라는 단어는 '이게 웬 떡이냐', '떡 하나 주면 안 잡아먹지'처럼 관용어구나 속담에서 좋은 것을 뜻하는 단어로 자주 쓰이기도 했다.

오늘날에는 떡의 위상이 많이 달라졌다. 다른 먹거리들이 많아졌고, 쌀도 남아도는 상황에서 떡은 더는 귀한 음식이 아니다. 조각 케이크 하나가 칠천 원씩 하는데 떡은 한 팩을 사도 가격이 그 반밖에 하지 않는다. 그럼에도 불구하고 우리는 여전히 떡을 특별하게 생각해 명절이면 떡을 먹고, 아이 백일상에 백설기를 올린다.

떡은 곡식 가루를 익혀 만든 음식이다. 쌀가루나 찹쌀가루를 많이 쓴다. 백설기처럼 찌기도 하고, 인절미처럼 치대고, 화전처럼 기름에 지지고, 경단처럼 물에 삶아서 만든다. 떡은 쌀밥을 먹기 전부터 먹어 왔다. 정미술이 발달하기 전에는 쌀알을 그대로 살린 채로 쌀겨를 벗기기가 어려웠다. 쌀알을 통째로 갈아서 먹어야 했는데 이를 시루에 쪄 먹기 시작한 것이 떡의 시작이다. 심지어 청동기 시대 유적에서도 시루가 발견된다.

옛날에야 집에서 직접 떡을 해 먹어야 했지만 요즘에는 대부

(좌) 수수가루와 찹쌀가루를 섞은 떡에 팥고물을 묻혀 만드는 수수경단.
(우) 찹쌀가루를 찌고 고물을 묻혀 만드는 인절미.

분 사서 먹는다. 하지만 나는 떡을 워낙 좋아해서 만드는 법을 배워 보기도 했다. 낯선 재료가 여러 가지 필요하고 발효도 해야 하는 빵보다는 떡이 더 쉽지 않을까 하는 기대도 은연중에 했었다. 그렇지만 역시나 만만한 건 없었다. 빵 만들 때는 신경 쓰지 않아도 되던 부분들을 신경 써야 했다. 예를 들어 집에서 빵을 만들 때는 밀가루를 사 와서 반죽하면 되지만 떡은 쌀가루부터 직접 내야 한다. 쌀가루의 수분감과 굵기를 맞춰서 쌀가루를 빻고, 쌀가루의 상태에 따라 레시피를 조정해 떡을 만든다. 그리고 마른 가루인 밀가루와 달리 떡 만들 쌀가루는 습식 쌀가루라서 관리나 보관도 더 어렵다. 반드시 냉장고에 보관해야 하고 잘못하면 가루가 쉬어 버린다. 그래서 떡을 배우고 난 후에도 웬만해선 떡은 사 먹는다. 좋아하는 떡집이 있어서 가끔 가서 떡을 잔뜩 사 와서 냉동을 해 두었다가 하나씩 꺼내 아침이나 간식으로 먹는다.

떡은 바로 먹지 않을 거라면 꼭 냉동 보관을 하는 게 좋다. 무심코 냉장실에 넣기도 하는데, 떡은 냉장실에 넣으면 금방 굳는다. 녹말의 노화 현상 때문이다. 녹말에 물을 넣고 가열하면 점성이 생기는데 가열한 이후 시간이 지나면 수분이 빼앗겨 딱딱해지는 노화 현상이 일어난다. 이 현상은 냉장실 온도인 0~5도에서 더 빠르게 일어나서 떡은 냉장실에 두면 빠르게 굳는다. 참고로 이런 현상은 빵에도 똑같이 일어난다. 금방 먹을 빵은 실온에, 오래 보관할 빵은 냉동실에 둬야 한다.

먹을 때는 실온에서 해동하는 것이 가장 좋다. 나는 다음 날

아침으로 먹을 떡은 하룻밤 전에 냉동실에서 꺼내 둔다. 미리 실온에 내지 못했다면 전자레인지에 해동한다. 전자레인지 해동 모드는 전자레인지 마이크로파 세기를 30~50%로 낮춰서 음식 내부가 녹을 때까지 겉면이 먼저 익는 것을 방지한다. 일반 모드로 돌려도 되지만 자칫하면 겉만 먼저 딱딱하게 굳어버릴 수도 있다. 다시 찔 수도 있지만 찜기를 쓰는 것도 번거롭고 자칫하면 떡이 다 퍼져 버린다. 어차피 내가 먹을 거니 떡 모양이야 좀 흐트러져도 괜찮지만 구멍마다 떡이 끼인 찜기를 닦는 건 너무 고통스럽다.

우리도 떡을 무심코 냉장실에 넣는 만큼 떡 자체가 낯선 서양에서 떡의 이런 특성은 더더욱 이해하기 어렵다. 실제로 미국 일부 주에서는 떡의 상온 판매가 이슈가 된 적이 있다. 미국 대부분의 주에서는 조리한 음식은 상온에서 4시간 이상 두고 판매할

백설기를 찌는 모습.

수 없다. 사실상 즉석 떡 판매를 불가능하게 하는 규정이라 캘리포니아 등 한인이 많은 지역에서는 한인사회에서 나서서 떡의 예외처리를 이끌어 내기도 했다.

냉장 보관이 어렵고 상온에 두면 자칫 쉴 수 있으니 국내에서 초기 떡의 유통은 쉽지 않았다. 빵집 프랜차이즈 같은 경우 반죽한 빵을 지점으로 배달해서 굽기만 하면 되지만 떡은 그렇지 않다. 설기만 해도 쌀가루에 물과 설탕을 넣고 나면 바로 쪄 내야 한다. 지점에서 쪄 내기만 할 수가 없다. 하지만 요즘에는 물류 시스템이 발달하면서 떡의 유통도 한결 활발해졌다. 떡 프랜차이즈도 생기고 동네 떡집이 전국적인 인기를 얻는 경우도 많다. 쑥인절미로 인기 있는 지방의 한 떡집은 매달 특정 날짜에 주문을 받는데 항상 오픈 즉시 매진이 된다. 사 먹어 보고 싶어서 몇 번이나 시도했지만 계속 실패했다.

요즘에는 새로운 떡들도 많이 나온다. 빵, 케이크 등을 응용한 것이 많다. 떡 사이에 팥앙금과 버터를 넣은 앙버터떡, 크림을 넣은 떡카롱, 케이크 모양으로 쪄내고 꾸민 떡케이크 등이 대표적이다. 찰떡 안에 크림치즈나 초콜릿 등을 넣은 퓨전 인절미들도 인기다. 이런 퓨전 떡들은 떡을 먹는 상황을 더욱 다양하게 만들어 줬다. 생일상에 떡케이크를 올리거나, 커피를 마실 때 크림치즈인절미를 먹기도 한다. 오늘날 떡은 특별한 음식이 아니다. 하지만 특별한 날에나 평범한 날에나 전통 떡이든 퓨전 떡이든 떡을 먹을 상황은 늘어만 간다.

실온에 두었다가 굳은 떡은 버리는 경우가 많다. 하지만 겉만 살짝 굳은 정도라면 간단한 조치로 되살릴 수 있다. 인절미는 참기름을 두른 팬에 지진다. 모양은 망가져도 겉이 바삭하게 익고 고소한 기름내도 나서 맛있다. 겉이 살짝 굳은 설기는 물을 살짝 뿌려 전자레인지에 돌린다. 보온 중인 밥솥 안에 넣어 둬도 된다.

완전히 굳은 떡은 떡으로서의 생명은 끝났다. 하지만 상하지 않았다면 죽으로 재탄생시킬 수 있다. 만드는 법도 간단해서 냄비에 물과 떡을 넣고 끓이다가 떡이 풀어지면 우유를 넣고 조금 더 끓이면 완성이다. 백설기나 인절미로 만들면 타락죽이 되고 시루떡을 쓰면 팥죽이 된다.

한식으로 하는 세계 음식 탐험

3부

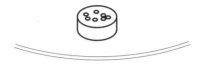

순대 혹은 블러드 소시지(Blood Sausage)

산티아고 순례길을 걸은 적이 있다. 마음을 비우기 위해 걷는 길이라지만 나는 그 길 위에서도 먹을 것에 대한 마음만은 버리지 못했다. 내 순례길의 절반은 먹방이었다. 스페인으로 가기 전부터 미리 지나가는 길목길목마다 유명한 먹거리와 식당을 찾아두었다. 부르고스라는 도시에서 먹을 음식은 '부르고스 데 모르치야'라는 소시지였다. 부르고스에 도착하자마자 짐만 풀고 찾아둔 가게로 향했다. 역시 가게에는 사람들이 바글바글했다. 두근거리는 마음으로 소시지를 시켰다. 허기가 진 데다가 새로운 음식에 대한 기대 때문에 기다리는 시간이 유달리 길게 느껴졌다. 드디어 저 멀리서 접시를 들고 내 테이블로 오는 종업원이 보였다. 종업원이 한 걸음 한 걸음 다가올 때마다 심장이 콩닥콩닥하고 뛰었다. 먹기 전에 사진을 찍으려고 사진기도 꺼내 두었다. 테이블 위에 접시가 놓였다. 그런데, 이것은…… 낯익은 음식이

산티아고 길에서 만난 부르고스 데 모르치야(오른쪽).

었다. 순대였다.

부르고스 데 모르치야가 돼지 피를 넣어 만든 소시지인 것은
알고 있었다. 블러드 소시지는 처음이었지만 '피순대도 먹어 봤
는데' 하며 마음의 준비를 해 뒀다. 하지만 생긴 것도 진짜 순대
같을지는 몰랐다. 얇은 껍질 안에 밥알, 양파, 돼지 피를 넣고 어
슷썰기한 뒤 튀겨냈다. 그러니까 순대 튀김이었다. 맛도 놀랍도
록 흡사했다. 별도의 소스가 나오지는 않았지만 왠지 옆에 소금
이나 막장이 있어야 할 것 같았다. 알고 보니 블러드 소시지 중
에서도 부르고스 데 모르치야는 특히 순대와 비슷한 종류였다.
참고로 블러드 소시지 중 가장 유명한 영국의 블랙푸딩은 피 때
문에 색깔만 검을 뿐 일반 소시지와 똑같이 생겼다.

영어 사전상 소시지(Sausage)의 정의는 '얇고 튜브처럼 생긴

케이싱(껍질)에 넣은 여러 향신료와 섞은 잘게 다진 고기'다. 소시지는 모든 부위의 고기를 남김없이 먹기 위한 요리법이다. 주로 남은 자투리 고기나 내장, 피 등을 사용한다. 내장이나 피에서 나는 잡내를 잡기 위해 향신료도 많이 쓴다. 재료를 모두 갈아 얇은 케이싱 안에 넣는데 이 케이싱은 동물의 창자, 특히 돼지 창자를 많이 사용했다. 최근에는 콜라겐이나 펄프, 합성수지제로 만든 인공 케이싱도 많이 쓴다. 속 재료와 케이싱에 따라 종류가 다양하다. 하나의 음식이라기보단 고기를 가공하는 방법에 가깝다.

순대도 소시지와 마찬가지다. 고기의 부속을 주로 이용하는 하나의 요리법이다. 지금이야 순대 하면 분식집 순대가 가장 먼저 떠오르지만 실은 종류가 매우 많다. 요즘에도 강원도 쪽에서 자주 접할 수 있는 오징어순대뿐 아니라 명태순대, 개순대, 소순대, 어교순대(민어로 만든 순대) 등도 있다. 하지만 예전부터 가장 많이 먹었던 건 돼지순대다. 소시지와 다른 점은 소시지는 자투리 고기도 많이 사용하는 데 비해 순대는 내장이나 피가 주로 사용되었다는 점이다.

요즘은 분식집에서 저렴한 가격에 사 먹을 수 있지만 과거에 순대는 귀한 음식이었다. 내장과 피는 고기 부속이라고 하지만 여전히 서민들이 쉽게 구할 수 있는 재료는 아니었고, 순대 만드는 데도 공이 많이 들었다. 특히 창자를 깨끗이 씻어 내기가 힘들었다고 한다. 배설물이 들어 있고 냄새가 많이 나는 만큼 음식에 쓰려면 창자 속을 깔끔하게 빼내고 바락바락 몇 번이나 씻어 내야 한다. 창자와 각종 재료를 잘 손질하고 창자가 터지지 않도록 속을 넣자면 여러 사람이 하루 종일 매달려야 했다고 한다. 돼지 한 마리를 잡고 온 마을 사람들이 일손을 거드는 정도의 잔칫날에나 맛볼 수 있는 음식이었다. 지금처럼 저렴한 값에 순대를 즐길 수 있게 된 것은 20세기 들어서의 일이다. 양돈업이 활성화되어 돼지 값이 내리고, 저렴한 당면을 속 재료로 사용하게 되면서 모두가 즐길 수 있는 간식이 되었다.

지금 우리가 분식집에서 먹는 순대는 과거의 순대와 많이 다르다. 내장과 피 사용이 많이 줄고 그 자리를 당면이 채웠다. 가끔 찹쌀순대라 하여 찹쌀이 소량 들어간 것도 있다. 케이싱으로는 돼지 소창 대신 인공 케이싱을 쓰기도 한다. 소시지에 사용하는 콜라겐, 전분 등으로 만든 것이다. 집집마다 직접 순대를 만들던 과거와 달리 요즘 순대는 대부분이 공장에서 만들어진다.

하지만 여전히 다양한 종류의 순대들이 남아 있다. 특히 수도권을 벗어나면 보다 다채로운 순대를 만날 수 있다. 전주 여행을 가면 많이 먹는 피순대는 말 그대로 선지가 듬뿍 들어간 순대다. 피 냄새가 많이 나 순대를 잘 못 먹는 사람이라면 힘들 수 있다. 속초에 여행을 가면 많이 들르는, 함경도 실향민들이 모여 사는 아바이 마을은 아바이순대가 유명하다. 원래 함경도 음식인데, 흔히 쓰는 소창이 아닌 대창을 케이싱으로 사용해 크기가 크고, 선지와 찹쌀이 듬뿍 들어간다. 과거 속초에서는 함경도보다 돼지 대창을 구하기 어려워 오징어로 케이싱을 대신하기도 했는데, 덕분에 오징어순대도 함께 명물이 되었다. 아바이 마을의 순대집에 가면 대부분 아바이순대와 오징어순대를 함께 판다. 천안의 병천순대도 유명한데 소창을 쓰고 선지와 찹쌀을 많이 넣는다. 수도권에서는 용인의 백암순대가 유명하다. 채소가 많이 쓰이고 대창에 비해 냄새가 덜한 소창을 사용해 깔끔한 맛이 난다.

지역마다 순대를 먹는 방법도 다르다. 같은 분식집 순대라도 그렇다. 수도권에서는 주로 소금을 찍어 먹지만 전남에서는 초고추장을, 경상도에서는 쌈장이나 막장을 찍어 먹는다. 참고로 쌈장은 고추장과 된장을 섞어 만든 장이고, 막장은 메줏가루와 곡물을 이용해 따로 발효시킨 장으로 쌈장과 같은 용도로 많이 쓴다.

우리나라 각 지방의 순대를 포함해 세계 각지에는 다양한 모습의 순대가 포진해 있다. 순대를 좋아한다면 여행을 갈 때마다 그 지역의 순대, 소시지 전문점을 찾아보자. 언젠간 나만의 순대 지도가 생길지도 모른다.

Tip 분식집 순대를 특별하게 먹는 법

분식점 순대도 더 새롭게, 맛있게 먹을 수 있다. 비장의 무기는 대파다. 너무 크지 않은 대파를 준비하자. 흰 부분만 큼직하게 어슷썰어 기름 두른 팬에 익힌다. 순대 하나에 대파 한 조각, 쌈장을 올려 함께 먹어 보자. 대파의 향이 순대의 육향을 잡아 주고 쌈장이 감칠맛을 더해 줘서 맛있다. 대파순대쌈인 셈이다. 맥주를 곁들이면 금상첨화다. 순대와 소시지가 비슷한 만큼 소시지의 짝꿍 맥주는 순대와도 잘 어울린다. 나는 에일맥주와 먹는 걸 특히 좋아한다.

최근 온라인상에서는 순대와 바질페스토의 조합이 인기를 끌었다. 이상할 것 같지만 산뜻한 바질 향이 순대와 의외로 잘 어우러진다. 순대를 먹는 최고의 방법으로 꼽기는 어렵지만 생각보다 괜찮다. 바질페스토 파스타에 이탈리안 소시지를 넣는 경우가 많은데 이와 유사한 조합이다. 와인과 함께 먹으면 특히 잘 어울린다.

두부와 또우푸와 도후

고기인 듯 고기 아닌 고기 같은, 대체육이 화제다. 고기 생산에 따른 환경파괴, 동물윤리 문제가 부각되고 이에 대한 경각심이 높아지면서 대체육 시장이 커지고 있다. 미국에서는 대체육 회사들이 빌 게이츠를 비롯한 큰 손들의 투자를 받았고, 상장하는 족족 주가가 급등했다. 맥도날드, 버거킹, KFC 등 대형 패스트푸드 업체에서도 대체육을 이용한 음식을 내놓았다. 이런 글로벌 트렌드의 영향을 받아 우리나라 대체육 시장도 들썩이고 있다. 글로벌 대체육 회사들이 국내 시장에 진출하고 있고 국내 식품 업체도 자체적인 대체육 브랜드를 만들고 있다. 마트나 패스트푸드점에서도 대체육 제품을 다루기 시작했다.

하지만 우리나라 대체육 시장은 미국만 못할 것이라는 예상이 많은데, 그 이유 중 하나로 손꼽히는 것이 바로 두부의 존재다. 우리나라에는 이미 두부라는 식물성 단백질 식품이 있다. 고기

두부의 원료인 대두.

를 안 먹어도 두부로 단백질을 섭취할 수 있고 오랫동안 먹어 왔으니 거부감도 없다. 콩은 가난한 이들의 식품이라 여겨 잘 먹지 않았던 서양과는 다르다.

두부는 대두를 주재료로 만든다. 한반도와 만주 일대가 원산지인 대두는 오랫동안 이 지역의 주요 먹거리였다. 하지만 대두는 다른 콩류와 마찬가지로 날것으로는 소화가 잘 안 돼서 항상 푹 삶아 먹었는데 이 과정에서 두부가 탄생했다. 대두를 푹 삶고 으깬 후 건더기는 빼고 콩물만 모아 염촛물을 붓고 굳히면 두부가 된다.

중국, 일본에서도 두부를 많이 먹어 왔는데 명칭도 비슷해서 중국에서는 또우푸, 일본에서는 도후라고 불린다. 먹는 방법도 삼국이 크게 다르지 않다. 중국, 일본에서도 우리나라처럼 찌개, 조림, 구이로 다양하게 활용한다. 중국의 마파두부, 일본의 아게다시도후[10]는 우리에게도 익숙하다.

10　두부에 전분을 묻혀 튀긴 후 쯔유를 부어낸 음식. 우리나라에서도 이자카야에서 많이 판다.

많이 먹는 음식인 만큼 두부의 종류도 다양하다. 우리나라에서는 주로 두부와 순두부를 먹는다. 두 가지 두부의 차이는 두부 속에 함유된 수분량이다. 순두부를 만들 때는 콩을 불리고 갈아서 끓인 후 건더기(비지)를 분리해 콩물을 만들고, 이 콩물을 끓여서 간수(응고제)를 넣어 몽글몽글하게 만든다. 이렇게 만든 순두부를 틀에 넣어서 모양을 잡고 무거운 것을 올려 수분을 빼면 두부가 된다.

여기에 튀기거나 얼리는 등 가공 과정을 추가하면 두부의 종류는 더더욱 다양해진다. 중국과 일본에서는 이런 가공 두부도 많이 먹는다. 얼린 동두부와 얇게 만들어 말린 건두부, 두부에서 물을 빼고 튀긴 유부, 따뜻한 콩물 위에 생기는 막을 걷어 만든 유바 등이 대표적이다. 이를 활용한 요리도 많다. 건두부에 춘장에 볶은 고기와 채소를 싸 먹는 경장육사, 동두부나 건두부를 넣은 훠궈. 일본의 유부초밥 등은 우리나라에서도 어렵지 않게 접할 수 있다.

두부의 종류와 활용법은 날이 갈수록 다양해지고 있다. 서구

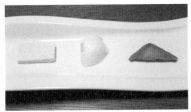

(좌) 왼쪽부터 일반 두부, 순두부, 유부. (우) 일본의 유바.

화 되는 음식 문화로 한·중·일 할 것 없이 전통 식품의 수요가 점차 줄어들고 있지만 두부는 예외다. 저열량 고단백질 식품으로 웰빙 트렌드에 딱 맞는다. 간편한 한 끼 식사로도 좋고, 육류 대체품으로도 좋다. 두부는 최근 사회 변화에 딱 맞아떨어진 덕에 오히려 미국과 유럽 등 서구에서도 고기의 대체재로 인기를 얻고 있다. 맛이나 향이 강하지 않은 데다 치즈와 비슷하게 여겨져 거부감도 적었다고 한다. 지금은 아시안 마트가 아닌 일반 마트에서도 두부를 판매하고 있고, 식당에도 두부를 사용한 메뉴가 많다. 미국의 멕시칸 음식점인 '치폴레'에서도 토핑을 고를 때 고기 대신 양념한 두부를 선택할 수 있다.

서양, 중국, 일본의 두부 요리법이 소개되면서 우리 식단 속 두부 요리가 점차 다양해지고 있다. 두부 크림으로 만든 파스타, 두부 스프레드를 얹은 빵 등 전에는 상상도 못 했던 조합들이 생기고 있다. 익숙한 재료로 새로운 음식을 먹어 보고 싶다면 두부를 써 보는 건 어떨까? 고기 섭취를 줄이려고 할 때도 두부는 탁월한 선택지다.

두부를 팔 때 두부 포장 용기에 두부와 함께 들어 있는 물은 충진수라고 한다. 두부가 공기에 닿아서 산패하는 것을 막기 위해 넣는다. 대부분 수돗물을 쓰지만 그래도 마시지 않는 것이 좋다. 보관 과정에서 두부의 성분이 녹아 나오는데 그 물이 공기와 닿아 오염되었을 가능성이 있다.

남은 두부를 보관할 때는 밀폐 용기에 담고 두부가 잠길 만큼 찬물을 부어 준다. 이때 생수를 쓰는 사람이 많은데, 원래 충진수도 수돗물이었으므로 굳이 그럴 필요 없다. 그대로 뚜껑을 덮어 냉장 보관하되, 새로 담은 물로 매일 갈아 준다.

세계인의 음식, 만두

　지금 우리 집 냉동실에는 만두가 다섯 봉지나 들어 있다. 우리 집 냉동실에서 만두는 떨어지는 날이 없다. 본래 나는 신선한 재료로 요리를 하는 것을 좋아해서 재료를 묵혀 두지 않으려고 일부러 문 하나짜리 작은 냉장고를 쓰기도 했지만 그때도 만두만큼은 예외였다. 급하게 한 끼를 챙기기엔 이만한 음식이 없다. 굽거나 찌기만 하면 되니 간편하고, 채소와 고기가 다 들어 있으니 나름 균형 잡힌 식단이다.

　이렇게 생각하는 건 나만은 아닌 모양이다. 만두는 우리나라 간편식 시장에서 가장 큰 비중을 차지하고 있다. 그만큼 경쟁도 치열하다. 마트만 가 봐도 알 수 있다. 가장 시식코너가 많은 곳이 만두 코너다. 이곳저곳 기웃거리다 보면 판촉하시는 아주머니가 시식용을 한 봉지 끼워 준다고 달콤한 유혹을 하는 경우도 부지기수다(이것이 우리 집 냉동실에 만두가 다섯 봉지나 있는 이유다). 시장이 크고 경쟁이 치열한 만큼 변화도 매우 빠르다. 예를 들어 얼마 전 풀무원의 '얇은 피 꽉 찬 속 만두'가 히트하자 개성만두, 고향만두에서도 '얇은 피'라는 수식어를 붙인 제품들을 내놓았고 비비고에서도 같은 수식어를 붙이진 않았지만 기존보다 피를 얇게 한 제품을 출시했다. 수요가 있고 매출이 발생하니 가능한 일들이다.

냉동만두 말고도 우리는 다양한 만두를 먹는다. 집에서 만들어 먹기도 하고 칼국수 가게, 중국집, 일본 라멘집에서 사서 먹기도 한다. 대개 중국집, 일본 라멘집의 만두는 우리가 집에서 먹는 만두와 조금 다른, 중국식과 일본식 만두다. 여기서 볼 수 있듯 만두는 세계 각지에서 먹는 음식이다. 만두는 '밀가루 따위를 반죽하여 소를 넣어 빚은 음식'이다. 이 정의에 따르면 놀랍게도 북쪽으로는 러시아부터 남쪽으로는 아프리카까지 거의 전세계에서 만두를 찾아볼 수 있다. 만두에 대한 기준을 좀 더 엄격히 적용해 모양까지 비슷한 경우만 거른다 해도 여전히 동유럽, 중앙아시아, 중동, 이탈리아 등 많은 국가에서 만두를 먹는다.

물론 만두소(속 재료)는 나라마다 각양각색이다. 우리나라 만두만 해도 김치만두, 고기만두 등 종류마다 만두소가 제각각인데, 다른 나라 만두들은 더하다. 우리로서는 상상하기 어려운 재료들이 만두 속으로 쓰인다. 예를 들어, 동유럽의 만두 피에로기는 사우어크라우트(발효시킨 양배추), 치즈, 과일, 감자, 고기 등을 넣어 만들어 버터와 사워크림 등을 곁들여 먹는다. 중앙아시아의 만두 추치바라는 소고기, 양고기, 닭고기 등 다양한 고기가 주요 속재료로 들어가고 식초나 요구르트 등과 함께 먹는다. 파스타의 일종인 이탈리아의 만두 라비올리는 시금치와 치즈 등을 넣고 크림소스와 함께 먹는다. 폴란드 현지에서 피에로기를 먹어볼 기회가 있었다. 내가 먹은 피에로기는 딸기가 들어갔고 사워크림이 곁들여져 나왔다. 새로운 음식에 대한 거부감이 없는 편이지만 디저트 같은 만두가 어색한 것은 어쩔 수 없었다. 폴란드인이 김치만두를 먹을 때도 어색하긴 매한가지이겠지만 말이다.

그렇다면 만두는 언제부터 생긴 걸까? 가장 유명한 이야기는 『삼국지연의』에 등장한다. 남만 정벌에서 돌아오던 제갈공명이 풍랑이 심한 강을 만나 발목이 잡혔다. 이때 강을 잠잠하게 하기 위해 사람을 제물로 바쳐야 했는데, 대신 사람 머리 모양으로 음

폴란드의 만두, 피에로기.

(좌) 분식집 만두. (우) 마트에서 산 냉동 만두.

식을 빚어 바쳤고 이것이 만두의 시초가 되었다는 이야기다. 하지만 이 이야기는 아무래도 전설에 불과한 듯하다. 중국에서는 그 당시 이미 만두를 널리 먹었다고 한다. 중국이 만두의 근원지인가에 대해서도 논란이 많다. 인류 문명의 발상지인 수메르에서 발명되어 중국을 비롯한 전 세계에 퍼졌다는 설도 있고 여러 국가에서 자연 발생했다는 설도 있다.

한국의 만두는 고려 시대 중국을 통해 들어왔다는 것이 통설이다. 고려 시대에도 만두를 먹었다는 사실은 교과서에서도 실려 있는 고려 시대 가요, 「쌍화점」을 통해 알 수 있다. 노래 주인공의 손목을 쥔 몽고인(중국인)이 운영하는 쌍화점이 바로 만두 가게다.

만두는 특히 이북 지방에서 많이 먹었다. 강원도나 이북 출신 집안에서는 아직도 설날에 만둣국을 먹는다. 당시에는 밀이 귀했고 소로 들어가는 고기도 귀했다. 거기다 만두를 한번 만들자면 손도 많이 가니 주로 잔칫날, 명절 등 특별한 날에 먹었다. 이렇게 귀했던 만두가 일상적인 음식이 될 수 있었던 것은 1950~80년대에 걸친 여러 가지 사회 변화 덕분이다. 우선 원재료 값이 크게 떨어졌다. 미국의 밀가루 원조로 귀했던 밀가루가 크게 저렴해졌고 축산업의 발달로 고기값도 싸졌다. 저렴한 당면이 만두의 주재료로 쓰이기 시작한 영향도 컸다. 게다가 냉동 유통 시스템이 구축되며 대규모 생산 및 판매가 가능해졌다.

세계 각지에서 모두 먹는 음식이라는 만두의 특성은 우리나라 식품 기업들에게는 호재로 작용했다. 우리나라 식품 업체들이 해외 진출을 할 때 만두는 최우선 고려 품목이다. 아예 낯선 음식보다는 디테일은 조금 다르더라도 비슷한 음식으로 진출하는 것이 낫다. 기존 제품을 수출한다면 된장보다는 만두를 파는 것이 승산이 좋고, 현지에서 그 나라 식 만두를 만든다 해도 우리 기업이 갖고 있는 노하우를 활용할 수 있다. 실제로 미국에서는 우리나라 식품업체가 만두 시장 1위를 점하고 있다.

개개인의 관점에서 생각하면 만두는 부담 없이 시도해 볼 수 있는 음식이기도 하다. 외국 소비자들에게 한국 만두가 그러하듯, 우리에게 다른 나라 만두도 그렇다. 만두를 좋아한다면, 그리고 새로운 외국 음식에 도전해 보고 싶다면 다른 나라 만두부터 시작해 보는 건 어떨까? 요즘엔 우리나라 마트에서도 딤섬, 춘권, 라비올리 등 세계 여러 나라의 만두를 쉽게 찾아볼 수 있다.

외국 만두의 요리법을 활용해서 우리나라 만두를 더욱 새롭게 먹어 볼 수 있다. 예를 들면 이탈리아의 만두인 라비올리를 활용한 라비올리 그라탱이 있다. 오븐 용기에 토마토소스나 크림소스, 라비올리를 넣고 빵가루나 치즈를 얹어 구운 음식이다. 라비올리 대신 만두를 넣으면 만두로도 멋진 그라탱을 만들 수 있다.

올리브유와 참기름과 들기름의 관계

올리브유 시장은 몹시 세분화되어 있다. 기준에 따라 등급도 철저히 나뉘어 있고, 와인처럼 생산지나 생산자에 따라 나누어 팔기도 한다. 프랑스 남부에서 올리브유 전문점에 간 적이 있다. 여행을 가면 늘 그렇듯 그 동네에서 가장 평점이 높은 식당을 찾았다. 찾아간 곳은 식당이라기에는 조금 애매했다. 식당을 겸한 올리브유 전문점에 가까웠다. 한쪽에는 올리브유가 든 드럼이 가득하고 다른 한쪽에는 테이블을 4~5개 두고 음식을 팔았다. 굽거나 으깬 채소 요리가 주메뉴로, 대단한 음식은 없었다. 하지만 뚜렷한 차별점이 있었으니 바로 올리브 오일 페어링이었다. 음식별로 어울리는 올리브유를 손님의 눈앞에서 듬뿍 뿌려 줬다. 향을 인공적으로 더한 올리브유도 아니었는데 올리브유의 맛이 다 달랐다. 관심을 보이니 올리브유마다 맛과 향의 특징, 생산지와 생산자에 관한 이야기를 해 줬다. 홀리듯 얘기를 듣고

(좌) 식당에 구비된 다양한 올리브유.
(우) 으깬 가지에 올리브유를 뿌린 요리.

는 올리브유를 한 아름 사서 나왔다.

올리브유는 스페인 남부, 이탈리아, 그리스 등 지중해 연안에서 전통적으로 많이 쓰던 기름이다. 몸에 좋은 기름으로 이름을 알리면서 지금은 전 세계적으로 널리 사용하고 있다. 비타민 E, 토코페롤 등 항산화 물질이 함유되어 있으며, 단일 불포화지방산의 비중이 높아 다른 기름 대신 섭취하면 혈중 콜레스테롤 농도를 낮춰 주는 효과가 있다. 건강식품으로 인기를 끌면서 우리나라에도 들어왔고, 지금은 외국 재료로는 드물게 우리네 부엌의 기본 아이템으로 자리 잡았다. 심지어 아흔이 다 되신 우리 할머니 집 찬장에도 올리브유가 들어 있을 정도다. 몸에 좋은 식용유로 포지셔닝하면서 위화감 없이 우리네 부엌으로 스며들 수 있었다.

조리용으로 사용되는 올리브유는 대개 저렴한 올리브유다. 대체로 등급이 낮다. 엑스트라 버진 올리브유[11]라고 표기가 되어 있더라도 그중에서 품질이 낮은 제품인 경우가 많다. 기본적으

11 올리브를 압착한 후 자연스럽게 과육을 가라앉혀 과육과 기름을 분리한 오일. 올리브유 중에서도 고급에 속한다.

로 올리브유가 콩기름이나 카놀라유 등에 비해 훨씬 비싸므로 식용유로 파는 다른 기름들과 비슷한 가격대를 맞추자면 어쩔 수 없다. 하지만 올리브유 사용이 늘고 보다 다양하게 활용되면서 고급 올리브유도 점점 더 찾아보기 쉬워졌다. 백화점 식품관이나 고급 식료품점에서는 한 병에 몇만 원씩 하는 올리브유를 기본으로 여러 병씩 구비하고 있고, 좋은 이탈리안 레스토랑에 가면 쓰고 있는 올리브유가 얼마나 좋은 것인지 따로 설명해 주기도 한다.

하지만 효능도, 향도 올리브유 못지않은 우리 기름이 있다. 바로 참기름과 들기름이다. 참기름은 리그난 등 항산화 물질이 많고, 다른 기름 대신 사용하면 혈중 콜레스테롤의 농도를 낮출 수 있다. 특히 콜레스테롤을 낮추는 효과는 올리브유보다 참기름이 더 크다고 한다. 들기름은 다른 식물성 기름과 달리 오메가3의 함량이 매우 높은데, 알려진 바와 같이 오메가3는 심혈관계 질환이나 각종 염증 질환에 효능이 있다.

참고로 참기름과 들기름은 흔히 한데 묶어 얘기하지만 사실 완전히 다른 기름이다. 두 기름의 원료인 참깨와 들깨는 식물학적으로도 완전 다르다. 참깨는 호마과에, 들깨는 꿀풀과에 속한다. 당연히 원산지나 먹어 온 지역도 다르다. 참깨와 참기름은 전 세계적으로 널리 쓰인다. 중국 음식이나 일본 음식에도 참깨나 참기름이 많이 사용되며, 심지어 맥도날드 햄버거에도 참깨가 올라간다. 마트에서 파는 참깨나 참기름의 원산지도 아프리카나 동남아의 어느 나라인 경우가 많다.

반면 들깨는 먹는 나라가 적다. 중국 일부 지역과 인도, 일본 정도에서 먹는다. 먹는다고 해도 들깨 씨앗만 먹지 기름까지 짜 먹고 그 잎사귀인 깻잎까지 먹는 국가는 거의 없다. 우리나라가 들깨를 먹는 대표적인 국가다 보니 들깨의 영어명인 'Perilla'에도 아예 '한국의'라는 접두사를 더해 아예 'Korean Perilla'라고 부르곤 한다. 서로 다른 기름인 만큼 보관법도 다르다. 참기름은 냉장 보관하면 덩어리가 져서 서늘하고 그늘진 곳에 보관한다. 하지만 들기름은 냉장고에 보관해도 덩어리가 지지 않고, 일반적인 고온 압착 들기름의 경우 산패가 빨라 냉장 보관한다.

이렇게 다른 두 기름이 엮이게 된 이유는 기름 사용이 많지 않은 우리 식단에서 그나마 자주 쓰인 기름이었기 때문이다. 역할도 거의 비슷했다. 다만 귀하다는 뜻의 '참'자에서 미루어 짐작할 수 있듯 참기름이 더 귀했다. 있는 집에서는 참기름을, 넉넉지 않은 집에서는 참기름 대신 들기름을 썼다. 두 가지를 섞어 사용하기도 했고, 하나가 떨어지면 다른 기름으로 대체해 쓰기도 했다.

올리브유와 참기름, 들기름의 공통점은 몸에 좋다는 것뿐만이

(좌) 참깨. (우) 들깨.

아니다. 세 기름 모두 향신유로 쓴다. 나물 무칠 때 마지막에 참기름이나 들기름으로 향을 추가하듯 서양에서는 구운 채소에 올리브유를 뿌린다. 세 가지 기름 모두 식용유로 쓰기에는 적합하지 않다. 발연점이 낮아 기름이 쉽게 타고, 원치 않았던 향이 음식에 배이기 때문이다. 식용유로 쓰는 올리브유도 계란프라이 정도에 쓰지 전 부칠 때는 절대 쓰지 않는다. 물론 특별히 가공한 올리브유나 참기름의 경우는 다를 수 있다. 일본에서는 참기름을 특별한 방법으로 가공해서 발연점을 높인 후 튀김용으로 쓰기도 한다. 올리브유도 아주 좋은 것은 발연점이 높아 튀김에도 사용할 수 있다고 한다. 하지만 일반적인 이야기는 아니다.

올리브유가 그 영양 성분이나 향신유로서의 역할 때문에 각광받는다면 참기름과 들기름도 그러지 않을 이유가 없다. 그래서인지 요즘에는 슬슬 참기름과 들기름에 대한 새로운 시도가 줄을 잇고 있다. 기름을 전문으로 하는 스타트업이 생기는가 하면, 기존 시장 방앗간에서도 차별화된 참기름과 들기름을 내놓기도 한다. 그중 대표적인 것이 저온 압착 기름이다. 저온 압착한 기름은 덜 볶은 연한 색의 깨에서 짜서 만든다. 가성비가 좋은 방법은 아니다. 같은 양의 깨를 썼을 때 저온으로 볶는 것보다 고온으로 볶을 때 기름이 더 많이 나온다. 하지만 고온에서 지나치게 많이 볶으면 깨 본연의 향이 많이 날아가고 산패가 일어나기도 한다. 물론 저온 압착이 아니라도 충분히 좋은 기름을 만들 수 있지만 비전문가가 먹어 보지 않고 그런 곳을 걸러 내긴 어렵다. 좋은 기름을 먹어 보고 싶다면 첫 시도는 저온 압착 기름으로 하자.

　제대로 된 저온 압착 참기름과 들기름은 정말 맛있다. 처음 저온 압착 참기름을 샀을 때의 기억은 아직도 생생하다. 참깨 맛이 온전히 살아 있는 참기름은 한두 방울만으로도 음식에 생기를 불어넣어 주었다. 참기름이 너무 맛있어서 참기름을 먹기 위해 소고기를 구워 먹고 나물을 무치고 했던 기억이 난다. 저온 압착 참기름과 들기름은 보통 일반 기름보다 조금 비싸지만 꼭 한번 사 먹어 보길 바란다. 좋은 올리브유가 음식의 맛도 건강도 살리듯 좋은 참기름과 들기름도 그렇다.

참기름과 들기름.

Tip 참기름과 들기름의 새로운 활용법?

참기름, 들기름도 올리브유와 같은 향신유인 만큼 때에 따라 올리브유 대신 참기름이나 들기름을 쓸 수도 있다. 샐러드드레싱에 향을 더하는 용으로, 파스타나 수프 요리의 마무리로 한두 방울 넣어 보자. 'Nutty Flavor(견과류 향)'가 더해진 새로운 요리가 탄생할지도 모른다. 외국에서는 이미 참기름을 샐러드드레싱으로 활용하는 레시피가 많다. 단, 향을 이용하는 만큼 맛있는 참기름과 들기름을 사용하는 것이 좋다.

위스키와 브랜디의 형제, 증류식 소주

　외국인을 대상으로 설문한 '한국에 오면 꼭 먹어 보고 싶은 음식' 리스트를 보면 항상 소주가 상위권으로 꼽힌다. 친한 외국인 친구가 한국에 놀러 왔을 때도 만나자마자 소주를 마시러 포장마차에 갔었다. 한국 드라마에서 몇 번 봤는데 꼭 따라해 보고 싶었다고 했다. 술을 잘하는 친구도 아니었는데 드라마 주인공처럼 자기도 오늘 소주가 달다며 신나게 마셨다. 귀국할 때는 주변에 선물하겠다고 팩 소주도 몇 개나 사 갔다. 이렇듯 초록 병의 소주는 어느덧 대표적인 한국 음식 중 하나가 되었다.

　굳이 따지자면 그 친구가 사 간 소주는 희석식 소주로 전통적인 소주는 아니다(물론 그 친구는 그 소주를 먹고 싶었던 게 맞다). 전통 소주는 증류를 통해 알코올의 도수를 높인 증류주다. 술은 효모의 발효 작용을 통해 만든다. 그런데 효모는 알코올 도수가 20도 가까이 되면 활동을 멈춰서 발효만으로는 더 높은 도수의 술을 만들기 어렵다. 이때 증류라는 방법이 등장한다. 알코올은 물보다 낮은 온도에서 끓는다. 100℃ 미만에서 술을 끓이면 물은 남고 알코올만 증발한다. 이 증기를 모아 식히면 도수가 높은 술이 완성된다. 소주라는 이름 자체도 불사를 소(燒), 술 주(酒)를 써서 불사른 술이라는 뜻이다.

이런 증류주는 세계 각지에 다양한 형태로 존재한다. 양주도 대부분 증류주에 속한다. 쓰이는 재료나 만드는 지역에 따라 종류가 나뉜다. 위스키는 보리나 옥수수 등 곡류를, 브랜디는 포도 등 과일을 이용해 술을 빚고 증류한 것이다. 브랜디 중 프랑스 코냑 지방에서 만든 것은 코냑이라고 한다. 테킬라는 다육식물인 아가베, 보드카는 곡류, 럼은 사탕수수를 주재료로 한 증류주다. 중국의 백주도 일본의 소주도 증류주다. 특히 일본의 소주는 우리나라 증류식 소주와 거의 비슷하다. 증류주는 페르시아에서 최초로 발명되어 전 세계로 퍼져 나간 것으로 추정된다.

세계 각지의 증류주. 일본의 소주와 위스키, 한국의 증류식 소주(시계 반대 방향 순).
증류주는 보통 투명한 색을 띠고 있어 외관상으로는 구분이 어렵다.

우리나라에 증류주 제조법이 전해진 것은 고려 시대 때다. 우리나라에 주둔해 있던 원나라군은 주둔지에 소주 제조장을 함께 설치했는데, 여기서 제조법이 전파되었다. 덕분에 원나라군 주둔지가 있었던 개성, 안동, 제주도의 소주가 유명하다.

희석식 소주는 알코올에 물을 섞어 만든다. 희석식 소주를 만들 때도 증류를 하긴 하지만 증류식 소주와는 증류의 목적이 다르다. 증류주는 증류를 통해 술을 완성하지만 희석식 소주는 술의 재료를 만든다. 전분이 있는 고구마, 타피오카 등의 작물로 빚은 술을 여러 차례 증류해 알코올 도수 85도 이상의 에틸알코올을 만드는데, 여기에 물을 섞어 알코올 도수를 낮춘 후 감미료를 섞으면 희석식 소주가 된다.

희석식 소주가 등장한 것은 일제 강점기 때다. 막걸리 편에서도 잠깐 언급한 바와 같이 일제 강점기부터 주세법이 시행되었다. 술을 세금 확보의 수단으로 활용하기 위해 술에 높은 세금을 매긴 뒤 허가를 받은 사람만 술을 빚을 수 있게 했다. 집에서 술을 담가 먹을 수 없으니 주조회사가 등장했다. 이때 일부 주조회사들이 소주 제조 원가를 낮추기 위해 희석식 소주를 만들기 시작했다. 일본에서 개발된 저렴한 소주 주조 방식이었다.

하지만 희석식 소주는 맛도 향도 기존의 증류주와 달라서 처음부터 인기를 끌지는 못했다. 상황이 바뀐 건 60년대 양곡관리법으로 쌀로 술 빚는 것을 규제하면서부터다. 우리나라 소주는 대부분 쌀로 만들어 양곡관리법이 시행된 이후 생산이 불가능해졌다. 희석식 소주를 마실 수밖에 없는 상황에서 증류식 소주의

보통 마시는 초록 병의 소주는 희석식 소주다.

자리를 희석식 소주가 대체하기 시작했다. 시간이 지나고 양곡 관리법은 해제되었지만 사람들의 입맛은 변해 버렸고 증류주를 만들던 많은 이들은 손을 놓은 지 오래였다.

하지만 최근 다시 증류식 소주가 조금씩 주목받고 있다. 시작은 막걸리의 부활이었다. 막걸리 편에서 언급한 것과 같이 2010년을 전후해 막걸리가 다시 인기를 끌었다. 덩달아 다른 전통주들도 조금씩 관심을 받았다. 막걸리 전문점에서는 전통 소주를 함께 팔았고, 언론에서는 전통주의 명맥을 이어가는 이들에 대해 조명했다. 이때를 전후해 대형 업체들이 증류식 소주 제조에 뛰어든 것도 큰 역할을 했다. 대형 업체들의 영업력과 마케팅으로 대중들이 증류식 소주를 더 쉽게, 자주 접할 수 있게 되었다. 대표적인 제품들로는 화요, 일품 진로, 대장부 등이 있다. 이 제품들은 대형 마트나 편의점, 일반 술집에서도 만날 수 있다.

요즘에는 전통주의 온라인 구매가 가능해지고 전통주 전문 주점도 여럿 생기면서 대형 업체의 제품이 아니라도 보다 다양한 전통주를 접하기 쉬워졌다. 유명한 전통 증류식 소주로는 문배주, 이강주, 감홍로, 고소리술, 안동소주 등이 있다. 전통 증류식 소주 외에도 국내에서 새롭게 생산하는 증류주도 많아졌다. 최근에는 문경바람, 신례명주, 황금보리, 서울의 밤 등이 인기다. 위스키를 좋아한다면 오크통에서 숙성한 소주도 있다. 오크젠, 화요 X–프리미엄 등이 대표적이다.

기왕 증류주를 마실 거라면, 우리 증류식 소주를 선택하는 것이 가성비가 높다. 우리나라에서 만드니 유통 과정도 짧고 주세율도 낮다. 같은 가격이면 양주보다 훨씬 품질이 좋다. 모임이 있을 때 양주나 와인을 사 갈 때가 많다. 다음번엔 증류식 소주를 한 병 들고 가 보는 게 어떨까? 가성비 좋으면서도 맛있고 흥미로운 선택이 될 것이다.

증류식 소주는 칵테일로 즐기기도 좋다. 어차피 칵테일 재료로 쓰는 술들도 다 증류주다. 특히 보드카는 전통 소주와 마찬가지로 곡류를 증류해 만든다. 마트에서 증류식 소주를 사다가 탄산음료, 주스, 탄산수 등을 섞어 만들면 된다. 요즘에는 바에서도 증류식 소주를 활용한 칵테일을 선보이기도 한다.

어떻게 다를까, 떡갈비와 미트볼

스웨덴 여행을 간 적이 있다. 북유럽은 처음이라 백야 현상, 북유럽 디자인, 심지어 추운 날씨까지 여러 가지로 기대를 하고 갔다. 하지만 그중에도 가장 기대한 건 미트볼이었다. 유럽 여러 나라에서 많이 먹는 미트볼이지만 그래도 미트볼의 본고장은 스웨덴이라는 인식이 있었다. 이케아에 갈 때마다 먹는 미트볼 때문인지도 모르겠다. 아무튼 본고장의 미트볼을 먹어 볼 기회였다. 스웨덴에 도착하자마자 미트볼부터 먹으러 갔다. 식당은 미리 현지인의 추천을 받아 뒀다. 저녁으로는 조금 이른 시간이었는데도 가게에는 손님들이 가득했고 테이블마다 미트볼은 꼭 하나씩 놓여 있었다. 제대로 찾아왔다는 느낌이 들었다. 당연히 미트볼을 시켰다. 미트볼은 감자 으깬 것과 붉은 링곤베리잼, 데미그라스 비슷한 소스와 함께 나왔다. 첫입은 미트볼만 먹어 보고 싶었다. 소스를 걷어 내고 미트볼만 살짝 잘라 보니 육즙이 촉촉

스웨덴의 미트볼.

하게 배어 나왔다. 조심스레 입으로 가져다 넣었다. 미트볼은 씹
는 맛이 있었지만 부드럽게 으스러졌고 그 사이사이로 육즙이
흘러나왔다. 정말 잘 만든 미트볼이었다. 음, 그런데 먹으면 먹
을수록 익숙한 느낌이 들었다. 분명 어디서 먹어 본 맛이다. 대
체 어떤 음식일까 생각해 봤다. 아, 떡갈비였다! 순대 편에서 언
급했던, 스페인 산티아고 순례길에서 순대를 만났던 경험이 떠
올랐다.

생각해보면 미트볼과 떡갈비는 비슷할 수밖에 없다. 떡갈비
와 미트볼은 둘 다 고기를 다져서 뭉친 음식이다. 떡갈비에는 떡
이 들어가지 않느냐고 할 수도 있지만 사실 원래 떡갈비에는 떡
이 들어가지 않는다. 떡갈비의 이름에 '떡' 자가 들어간 것은 다
진 고기를 떡 치대듯이 치대서 만들기 때문이라고도 하고, 모양
이 떡을 닮아서라고도 한다. 어찌 되었든 떡이 들어가서는 아니
다. 둘 다 소고기를 위주로 쓰지만 요즘에는 돼지고기나 다른 부

재료도 섞는 경우가 많다.

두 음식의 차이점은 양념과 모양, 사용 부위다. 떡갈비는 간장 양념을 써서 둥글넓적하게 빚어 굽는다. 그리고 소 갈빗살을 쓴다. 반면 미트볼은 소금 양념을 하고 공처럼 빚으며 소고기 여러 부위를 비교적 자유롭게 쓴다.

두 음식의 위상도 조금 다르다. 문화권이 다르니 직접 비교가 되지는 않지만 굳이 따지자면 떡갈비가 미트볼보다 조금 더 고급 음식이다. 떡갈비는 선호 부위인 갈빗살을 이용해 만드는 반면 미트볼은 다른 요리에 쓰고 남은 부위를 활용해 만들기 때문이다. 갈비 편에서도 언급했듯 떡갈비는 갈비를 들고 뜯기에는 체면이 안 사는 지체 높은 왕족과 양반, 그리고 치아가 안 좋은 노인들을 위해 고안되었다고 한다.

미트볼은 유럽 여러 나라에서 널리 먹지만, 나라마다 곁들이는 소스는 다르다. 이탈리아는 토마토소스와 함께 먹는다. 파스타를 곁들이기도 한다. 스웨덴은 고기 육즙으로 만든 소스인 그

한국의 떡갈비.

레이비소스, 그리고 베리잼과 함께 먹는다. 고기와 잼을 함께 먹는다는 것이 좀 낯설지만 먹어보면 나쁘지 않다. 잼의 새콤한 맛이 미트볼과 그레이비소스의 느끼함을 잡아 주고, 달콤한 맛은 소금 간과 어우러져 떡갈비의 간장, 설탕 양념처럼 달고 짠맛의 균형을 잡아 준다.

떡갈비나 미트볼이나 둘 다 레토르트 제품으로 많이 팔린다. 보통 레토르트 제품은 소고기보다는 돼지고기가 주로 쓰이고 고기 함량도 높지 않은 편이다. 대신 가격이 저렴하다는 장점이 있다. 냉동 제품을 굽기만 하면 되니 조리하기도 간편하다. 고기 반찬 대용으로 급식에서 많이 나오고 뷔페에도 단골로 등장한다. 조금 더 고기 함량도 높이고 고급 버전으로 만들어 가정용으로도 많이 나간다. 가정용 떡갈비는 홈쇼핑의 단골 상품이기도 하다.

덕분에 우리 식단에서 떡갈비의 위상은 많이 달라졌다. 예전에야 고급 음식이었다고 하지만 요즘은 떡갈비 하면 레토르트 떡갈비가 먼저 떠오른다. 레토르트가 아닌 떡갈비를 먹는 것은 한정식집에 갔을 때 정도다. 떡갈비 전문점을 찾기도 쉽지 않다.

떡갈비를 제대로 맛보고 싶다면 전라남도 담양이나 광주 송정리로 가 보자. 우리나라에서 떡갈비로 가장 유명한 두 지역이다. 두 동네 떡갈비는 스타일이 전혀 다르다. 담양 떡갈비는 좀 더 전통적인 스타일로 소 갈빗살 위주로 만들고, 광주 송정리 떡갈비는 돼지고기를 섞어 만든다. 97년 외환위기 당시 물가가 오르자 식당들은 떡갈비의 가격을 유지하기 위해 돼지고기를 섞어

썼는데 그것이 그대로 송정리 떡갈비의 특징으로 자리 잡았다.

집에서도 떡갈비를 잘 만들지 않고 앞서 언급한 담양이나 송정리 말고는 떡갈비 전문점도 흔하지 않으니, 직접 만든 떡갈비를 만나기란 쉽지 않다. 레토르트 떡갈비 덕분에 떡갈비는 역사 속으로 사라진 다른 많은 전통 식품들과 달리 그 존재감을 유지하고 있지만 그래도 왠지 아쉽다. 대부분의 레토르트 떡갈비는 지나치게 달고 짜며 고기 맛이 거의 느껴지지 않는다. 원래 떡갈비 맛과는 차이가 크다. 레토르트 떡갈비가 일반화되면서 떡갈비 맛이 영영 이렇게 자리 잡을까 괜히 걱정된다. 시간이 지나며 음식 맛이 바뀌는 거야 자연스러운 일이지만 떡갈비에 대한 사람들의 인식이 곱게 저며 맛있게 양념한 소갈비 요리에서 흔한 급식 반찬으로 바뀌는 건 너무 아쉽다. 미트볼도 인스턴트 제품이 많다. 하지만 외국의 경우 다양한 품질의 제품이 있고, 맛있는 미트볼을 만드는 식당도 쉽게 찾아볼 수 있다. 한국의 이탈리안 레스토랑에서 제대로 된 미트볼을 먹을 때마다, 떡갈비에 대한 아쉬움도 스멀스멀 올라온다. 간편식 시장의 고급화 추세가 패키지뿐 아니라 떡갈비의 맛에도 영향을 미치길 바란다.

떡갈비나 동그랑땡을 만들 때는 굽다가 부서지지 않도록 많이 치대서 단단하게 모양을 잘 잡으라고 한다. 과학적 근거가 있는 이야기다. 고기를 치대면 고기 속 단백질 성분인 미오신과 액틴이 활성화된다. 활성화된 이 성분들이 서로 잘 결합하면서 고기가 뭉치는 것이다. 하지만 이렇게 치대면 팔이 굉장히 아프다.

보다 팔 힘을 아낄 수 있는 반죽법이 있다. 고기 반죽에 소금 간을 미리 하면 된다. 반죽을 잘 뭉쳐지게 하는 미오신과 액틴은 소금에 의해서도 활성화가 된다. 따라서 반죽에 소금 간을 미리 하고 치대면 팔 힘을 조금 아낄 수 있다. 물론 기계의 힘을 빌리면 가장 편하기는 하다.

세계를 사로잡은 감칠맛, 젓갈 패밀리

집에서 외국 요리에 도전하는 사람들이 늘고 있다. 집밥 인구가 줄고 있다고는 하지만 그것과는 다른 이야기다. 만드는 사람의 입장에서 밥 차리기는 가사 노동이지만, 가끔가다 마음먹고 도전해 그럴듯하게 차려내는 외국 요리는 여가 생활이다. 집밥한 상 차리는 것보다 파스타 한 접시를 만드는 게 하기도 쉽고먹는 사람의 반응도 좋다. 잘 세팅해서 SNS에 올리면 자랑거리도 된다. 그래서인지 젊은 세대일수록 외국 요리에 많이 도전한다. 처음에는 파스타, 스테이크 등 비교적 간단한 양식 위주였지만 도전하는 음식의 종류도 점점 다양해졌다.

요즘 인기 있는 건 동남아 음식이다. TV 요리 프로그램이나유튜브, 블로그 등에서 다루는 비중도 부쩍 늘었고, SNS에 올라오는 비중도 높아졌다. 이미 많이 해 먹는 파스타나 스테이크에비해 동남아 음식은 새로우면서도 재료를 구하기도 비교적 수월하다. 양식은 한번 하자면 재료를 다 사야 하지만 동남아 음식은 한식과 재료가 많이 겹친다. 없는 재료도 집에 있는 재료로 대체 가능한 경우가 많다. 대표적인 예가 피쉬소스다. 피쉬소스는 동남아 음식에 거의 필수적으로 들어간다. 대형 마트에서 쉽게 구할 수 있긴 하지만, 몇 번 쓸지도 모르는데 사기는 좀 망설여진다. 이럴 때 액젓으로 대신하면 된다.

반대로 액젓 대신 피쉬소스를 쓸 수도 있다. 외국에 사는 교민들은 이미 예전부터 김치를 담글 때 액젓 대신 피쉬소스를 활용해 왔다. 동남아 사람들이 많이 쓰는 피쉬소스는 외국에서 액젓보다 구하기가 훨씬 쉽고 김치를 담가도 이질감이 없다고 한다. 요즘은 액젓 대신 일부러 피쉬소스를 쓰기도 한다. 내가 아는 몇몇 분들은 한국에 살면서도 피쉬소스가 더 입맛에 맞다며 피쉬소스를 쓴다.

액젓과 피쉬소스는 사실상 같다. 액젓이 피쉬소스고 피쉬소스가 액젓이니 당연히 서로 대체가 가능하다. 둘 다 어패류를 염장 발효해 만든 젓갈의 일종으로, 그중에서도 액체만 걸러 사용한 것이다. 맛의 차이가 있다고 하지만 사실 그 차이는 같은 피쉬소스, 같은 액젓끼리도 있을 수 있는 정도다. 사용하는 어패류나 제조사별로 발효의 세부 과정이 달라 생기는 차이다. 동일한 생선을 써도 동남아산과 국산 생선의 맛과 상태가 달라 맛에 차이가 나기도 한다.

젓갈은 어패류를 장기간 보관하기 위한 수단이었다. 생선을 소금에 절이면 썩지 않으니 냉장고가 없어도 오래 두고 먹을 수

동남아의 피쉬소스.

있어 오랫동안 세계 각지에서 쓰여 온 방법이다. 처음에는 생선을 소금으로 절이는 단순한 형태였지만, 시간이 지나면서 점차 다양한 모습으로 발전했다.

앞서 말한 피쉬소스는 동남아의 대표적인 젓갈이다. 유럽의 대표적인 젓갈은 파스타나 샐러드드레싱으로 많이 쓰이는 안초비인데, 멸치과의 생선을 소금에 절여 만든 것으로 서양식 멸치젓이나 다름없다. 패밀리 레스토랑이나 이탈리안 레스토랑에서 많이 파는 시저 샐러드도 안초비를 쓴다. 케첩도 원래는 젓갈이었다. 서양으로 전해지며 주재료가 생선에서 토마토로 바뀌는 등 크게 변형되었지만 원래는 동남아 젓갈 중 하나였다. 단어 자체도 생선으로 만든 즙이라는 뜻의 한자어, '鮭汁(규즙)'에서 유래했다. 초밥도 처음에는 식해, 즉 젓갈의 일종이었다. 초기 초밥은 생선과 밥을 함께 발효시킨 형태였는데 발효가 되면서 밥에서 시큼한 냄새가 났다. 신선한 생선과 밥으로 만드는 요즘 초밥에도 밥에 식초를 넣어 그 냄새를 재현하고 있다. 북유럽의 발효 생선 수르스트뢰밍도 젓갈이다. 먹어 본 사람은 거의 없어도 아는 사람은 많은, 세계에서 가장 악취가 심한 음식으로 항상 꼽히는 바로 그 음식이다. 청어를 낮은 염도의 소금에서 삭혀 만든다.

우리나라에도 다양한 젓갈이 있다. 삼면이 바다인 만큼 어패류가 풍부해 자연히 젓갈 문화도 발달했다. 우리나라 젓갈은 크게 세 가지로 나뉜다. 젓갈, 액젓, 식해다. 젓갈이라는 단어는 이 세 가지 모두를 어우르기도 하고 이 중 한 가지 종류를 가리키기도 한다. 좁은 의미의 젓갈은 소금 등 양념류로 발효시킨 생선을 말한다. 사용된 재료의 모양이 살아 있는 것이 특징이다. 새우젓, 명란젓, 낙지젓, 창난젓 등이 대표적이지만 어지간한 어패류로는 다 만든다. 갈치속젓이나 아가미젓처럼 내장이나 생식소, 아가미 등 특수부위만 모아 담기도 한다. 액젓은 젓갈을 오래 발효시킨 후 그 즙만 걸러 만든다. 멸치액젓, 까나리액젓이 가장

유럽의 안초비. 유럽식 멸치젓갈이라 볼 수 있다.

보편적이다. 식해는 해산물과 곡식을 함께 삭힌 것이다. 젓갈과 액젓에 비해 보편적이지는 않다. 오징어젓만큼 흔히 먹지는 않지만, 한정식집에 가면 종종 발견할 수 있다. 빨갛게 절인 생선에 좁쌀이 버무려진 찬이 있다면 그게 바로 가자미식해다.

젓갈과 식해는 밥반찬으로 많이 먹는다. 짭쪼름한 젓갈을 밥에 곁들이면 그야말로 밥도둑이다. 젓갈 한 종지만으로도 밥 한 공기를 뚝딱할 수 있다. 젓갈과 액젓은 요리할 때도 자주 쓴다. 소금 대신 쓰면 음식에 간도 되고 감칠맛도 높아진다. 계란찜에 넣는 새우젓을 떠올리면 이해가 쉽다. 고기가 들어가는 음식, 예를 들어 닭도리탕이나 미역국을 할 때도 액젓을 넣으면 좋다. 고기와 젓갈의 서로 다른 감칠맛이 만나 음식의 맛이 깊어진다.

사실 요즘 밥반찬으로서 젓갈의 입지는 많이 줄었다. 저염, 저탄수화물 트렌드의 영향이 크다. 짭짤한 젓갈을 반찬으로 먹으면 나트륨도 탄수화물도 잔뜩 섭취하게 된다. 맛있게 먹긴 하는데 괜히 찝찝하다.

하지만 젓갈은 형태를 바꿔 가며 여전히 우리 식생활에서 중요한 자리를 차지하고 있다. 그 대표적인 예가 나트륨의 양을 확 줄여 만든 저염 젓갈이다. 원래는 소금을 적게 치면 젓갈이 금방 상하니 저염 젓갈이란 있을 수 없었지만, 요즘에는 젓갈도 냉장 보관을 하니 저염 젓갈이 가능해졌다. 외국의 젓갈들도 속속 우리 식생활 속으로 들어오기 시작했다. 이탈리안 레스토랑, 동남아 식당뿐 아니라 가정집에서도 쓰이기 시작하면서 이제는 일반 대형 마트에서도 안초비나 피쉬소스를 쉽게 살 수 있다. 우리

한국의 다양한 젓갈.

젓갈의 쓰임새도 넓어졌다. 명란젓파스타, 낙지젓볶음밥은 이제 집에서도 많이 해 먹는다.

　젓갈을 둘러싼 상황들은 예전과는 많이 달라졌다. 냉장고가 생겼으니 어패류에 소금을 칠 이유도 없고, 다른 먹거리가 많으니 젓갈 한 젓가락으로 맨밥 한 그릇을 먹어 내야 할 필요도 없다. 젓갈이 탄생하게 된 배경도, 인정받던 이유도 모두 사라지거나 바뀌었다. 하지만 젓갈은 변화하는 환경에 맞게 모습을 바꾸어 가며 여전히 우리 밥상 위에 남아 있다. 그럴 수밖에 없었을 만큼 젓갈의 감칠맛이 우리에게 강하게 배여 있는 모양이다.

젓갈 사용에는 기본 공식이 있다. 젓갈+기름+향신채다. 어떤 음식에 쓰든 이 조합을 활용하면 젓갈을 더욱 맛있게 즐길 수 있다. 기름은 젓갈에 부드러움과 풍미를 더하고 향신채는 젓갈의 비린내를 잡아 준다.

기름은 향이 강한 종류가 좋다. 참기름, 들기름, 버터도 괜찮다. 단 상온에서 고체인 버터는 젓갈볶음밥, 젓갈파스타 등 열을 가하는 음식에 쓰자.

향신채는 쪽파, 마늘, 깻잎 등 향을 내는 데 쓰는 종류면 다 좋다. 밥반찬으로 먹을 때는 다져서 젓갈 위에 올리고 가열 조리를 할 때는 젓갈을 기름에 넣기 전 미리 볶아서 향을 내어 놓는다.

최근 인기를 끈 들기름낙지젓카펠리니도 들기름 섞은 낙지젓과 깻잎을 카펠리니 면과 함께 낸 요리다. 밥반찬으로 먹을 때도 쪽파 다진 것과 참기름을 섞으면 더더욱 맛있고, 명란파스타를 할 때도 버터와 깻잎을 넣으면 더 좋다. 물론 냉장고 상황에 따라 다른 종류의 기름과 향신 채소를 넣어도 된다.

젓갈+기름+향신채. 이 기본 조합을 잊지 말자.

동서고금 회자되는, 회

여름 하면 바다, 바다 하면 회다. 나는 여름이면 꼭 한 번은 바다에 가서 회를 먹는다. 집 근처 횟집에서 먹을 수도 있지만 그래서야 기분이 안 산다. 비릿한 바다 냄새도 맡고 모래도 좀 밟다가 먹는 회는 회 그 이상의 매력이 있다. 그래서 호객 행위와 바가지를 무릅쓰고 바다에 간다. 이미 해가 져 바다는 보이지도 않는 창가에 앉아 초장에 턱 찍어 먹는 회는 그야말로 여름의 맛이다.

회 하면 보통 일본을 떠올린다. 심지어 회는 사시미, 접시는 사라라는 같은 뜻의 일본어와 혼용되어 쓰인다. '회나 한 사라 떠올까?'라는 말이 결코 낯설지 않다. 외국에선 더욱 그렇다. 일본의 스시(초밥)와 사시미(회)가 워낙 유명하다 보니, 영어로도 회는 Raw Fish(날생선)보다 Sashimi(사시미)라고 많이 불릴 정도다. 하지만 잘 살펴보면 많은 나라에서 고유의 회 음식과 문화를 가지고 있다. 우리나라도 마찬가지다. 홍어회, 물회 등은 일본에는 없는 우리만의 회고, 회를 먹는 방법도 다르다.

'회'의 사전적 정의는 '고기나 생선 따위를 날로 잘게 썰어서 먹는 음식'이다. 날것을 자르기만 하면 되니 조리법이 별다른 게 없을 것 같지만 의외로 회도 여러 가지 방법으로 가공되며, 이에 따라 회의 식감과 맛이 크게 바뀐다. 가공법은 크게 세 가지로 나뉜다.

첫 번째는 살아 있는 생선을 바로 썰어 먹는 활어회다. 탄탄한 식감이 특징이다. 조금 섬뜩한 설명이 될 수도 있지만 활어회의 이 식감은 사후 경직의 영향이다. 생선이든 동물이든 죽고 난 직후에는 몸 전체가 경직되어 살이 굳는다. 이 상태의 생선을 먹는 것이 활어회다. 선어회는 이 사후 경직이 풀린 후에 먹는 회다. 생선의 피를 제거하고 숙성시켜 만드는데 숙성 과정에서 사후 경직이 풀려 살이 부드러워진다. 감칠맛을 내는 이노신산 성분이 많아져 감칠맛도 높아진다. 갓 잡은 소보다 숙성시킨(에이징된) 소가 맛있는 것과 같은 원리다. 세 번째는 라임즙이나 식초 등 산성 재료에 재우는 것이다. 이 경우에는 고기가 산성 재료와 만나 '익는다'. 색깔도 불에 익힌 듯 불투명해지고, 식감도 탄탄해진다. 중남미의 회 요리 '세비체'가 이 가공 방법을 활용한 대표적인 회 요리다. 낯선 방법 같지만 사실 생연어 샐러드를 먹을 때 레몬즙을 뿌리고 시간이 지나면 연어가 허옇게 변하는 것과 비슷한 현상이다.

우리나라는 활어회를 주로 먹는다. 선어회보다 풍미는 좀 떨

어지지만, 활어회 특유의 쫄깃한 식감을 즐긴다. 떨어지는 풍미
는 곁들여 먹는 초고추장이나 쌈장을 통해 보강한다. 조선 시대
에 고추가 대중화되기 전에는 초고추장 대신 겨자장을 곁들였다
고 한다. 선어회를 주로 먹는 일본에서는 회를 먹는 방법도 다르
다. 일본에서는 생선 본연의 감칠맛을 느끼기 위해 맛이 강한 소
스는 곁들이지 않는다.

회를 활용한 요리도 다양하다. 물회는 채 썬 회와 채소를 고추
장 양념에 버무려 찬물을 부어 먹는 음식으로 동해안과 제주도
에서 많이 먹는다. 얼음을 동동 띄워 후루룩 마시는 물회는 여름
의 별미다. 전라도는 홍어를 삭혀 만든 홍어회가 유명하다. 흔
히 화장실 냄새라고 불리는 암모니아 냄새가 나서 못 먹는 사람
도 많지만 전라도에선 잔칫날에 빠지지 않는다. 회 없는 회요리
도 있다. 생선 등을 끓는 물에 살짝 데친 음식, 숙회다. 문어숙회
나 오징어숙회가 가장 보편적이지만 다른 생선이나 채소로도 숙
회를 만든다. 육고기도 회로 먹을 수 있다. 생고기를 저민 후 양
념장에 버무려 먹는다. 고기회는 생선회와 구분하기 위해 반드
시 접두사를 붙인다. 소고기로 만든 것은 '육회', 닭고기로 만든

다양한 활어회. 식감이 쫄깃쫄깃하다.

것은 '닭고기회'다.

다른 나라에도 독자적인 회 요리들이 있다. 유럽에는 '카르파초'가 있다. 얇게 저민 날생선(혹은 날고기)를 올리브유, 케이퍼, 소금, 후추 등과 함께 내는 요리다. 주로 애피타이저로 먹는데 요즘에는 우리나라 이탈리안 레스토랑에서도 많이 판다. 먹을 기회가 있다면 꼭 와인과 함께 먹어 보길 추천한다. 앞서 얘기한 중남미의 세비체는 깍둑썰기한 회를 레몬즙이나 라임즙에 절인 후 양파, 고추, 고수 등과 버무려 낸 음식이다. 요즘 세계적으로 인기를 끌기 시작한 '포케'도 있다. 하와이 음식으로 토막 낸 고기를 간장이나 소금에 절였다가 채소, 밥과 함께 먹는 요리다.

하지만 뭐니 뭐니 해도 회 하면 일본이다. 워낙 회를 많이 먹기도 하고, 일본의 회가 세계적으로도 인기이기도 하다. 일본은 불교를 국교로 삼으면서 7세기부터 19세기까지 무려 1,200년 간 육식을 금지했다. 고기를 대신해 생선으로 단백질을 섭취했

유럽의 카르파초.

고 덕분에 각종 생선 요리가 발전했다. 20세기 들어서는 이 생선 요리들을 세계에 알리기 위해 많은 홍보와 마케팅 활동을 펼쳤고, 그 결과 스시와 사시미가 오늘날과 같은 위상을 가지게 되었다.

중국에서도 고대에는 회를 즐겨 먹었다. 현대 중국 요리에서 회 요리는 찾아보기 힘들지만 송나라 때까지만 해도 중국인들은 회를 즐겨 먹었다. 고대 중국에서부터 쓰인 '회자되다'라는 단어에서 '회'가 우리가 얘기하는 그 '회'를 의미한다는 설도 있다. '회자'는 '회와 구운 고기'라는 뜻으로 사람들이 즐겨 먹던 회와 구운 고기를 입에 자주 오르내리는 화젯거리에 비교했다는 것이다. 하지만 명나라 때부터 회에 대한 기록이 사라진다. 심지어 임진왜란 때는 명에서 온 지원군들이 회를 먹는 한국인들을 보고 기겁을 했다는 기록도 있다.

중국에서 회가 갑자기 사라진 이유로는 전염병 유행 설이 유력하게 꼽힌다. 전염병이 크게 유행하면서 날것을 먹지 않게 되었다는 것이다. 지금도 중국에서는 고기든 채소든 기름에 볶는 요리법을 많이 쓴다.

회는 익히지 않기 때문에 기생충이 그대로 남아 있거나 상할 가능성이 높다. 그 때문에 과거에는 회를 먹는 데 제한이 많았다. 하지만 사회가 발전하면서 냉장 시설과 장거리 수송이 가능해졌고, 계절과 지역에 관계없이 회를 먹을 수 있게 되었다.

이에 따라 서로 다른 지역의 생선과 조리법이 섞이며 회 요리도 더더욱 발전했다. 대표적인 사례가 연어회와 연어초밥이다.

회를 이용한 퓨전 포케.

지금은 회나 초밥 하면 연어를 빼놓을 수 없지만 이 두 음식이
개발된 것은 불과 몇십 년 전의 일이다. 일본에서는 구운 연어를
주로 먹었는데 북유럽의 연어 판매 회사들이 일본에 진출하면서
신규 수요를 창출하기 위해 회와 초밥을 제안했다. 생연어를 먹
지 않던 일본인들의 인식을 바꾸는 데 많은 시간과 노력이 들었
지만 결국 이 전략은 대성공을 거두었다. 이러한 새로운 회 요리
의 탄생은 현재진행형이다. 필자는 북유럽에서 김치연어포케를
만난 적이 있다. 유명 음식점의 인기 메뉴였는데, 하와이의 음식
포케에 북유럽의 연어, 한국의 김치를 접목한 퓨전 음식이었다.
그 가게에는 유달리 트렌디한 젊은 사람들이 많았던 게 기억에
남는다.

회는 저열량 고단백 음식으로 세계적으로 각광받고 있다. 특
히 웰빙과 몸매 관리에 신경 쓰는 젊은 층의 관심이 커 새로운

시도들도 더욱 많이 이루어지고 있다. 그 시도는 요리 자체에만 국한되지 않는다. 회를 파는 공간이나 유통 방법, 서비스 등에 대해서도 새로운 시도가 많다. 회 시세 제공 서비스나 회 배달, 회 공동구매 등이 그 대표적인 사례다. 회 요리와 회를 즐기는 방법이 갈수록 다양해지고 있다. 앞으로의 회가 아주 기대된다.

집에서 회를 먹는데 회도 남고 내 위장도 남았지만 왠지 물린다면 초밥을 만들어 보자. 회를 먹고 그 회로 초밥도 만들어 먹으면 물릴 것 같지만 생각보다 훨씬 맛있게 많이 먹게 된다(고기를 먹다 중간에 밥을 시켜서 함께 먹을 때를 생각해 보자). 밥에 식초, 설탕, 소금, 물을 섞은 단촛물을 넣고 동그랗게 빚어 고추냉이와 회를 올리면 된다.

그렇게 먹고도 회가 남았다면 겹치지 않게 밀폐 용기에 담아 냉동 보관하자. 냉동했던 회는 밀가루와 계란 옷을 입혀 생선전을 부칠 수도 있고, 맑은국을 끓일 때 마지막에 넣어 생선샤브샤브처럼 쓸 수도 있다.

쌀밥, 한국인은 밥심? 세계인은 밥심!

　새로운 음식 만들기를 좋아한다. 낯설면 낯설수록 더 좋아해서 문헌으로만 남은 한식 요리, 중동, 러시아 음식 등 본 적도 없는 음식에 도전하고는 한다. 먹어 본 적도 없고 파는 곳이 없으니 만들어도 제대로 된 건지 확인할 길은 없지만 요리하는 과정 자체가 즐겁다. 다행히 남편도 새로운 음식을 먹어 보는 걸 좋아한다. 부엌에서 새로운 냄새가 나면 기대감으로 눈을 반짝인다. 하지만 그런 남편도 두세 번 연달아 새로운 음식을 주면 슬슬 '그냥 밥'을 찾는다. 특히 그 새로운 음식들이 빵, 면 등 밀가루 음식이었다면 더욱 그렇다.

　'한국인은 밥심'이라고 한다. 식습관이 많이 바뀌었다고는 해도 여전히 유효한 말이다. 해외 여행객들의 짐만 봐도 알 수 있다. 남녀노소를 불문하고 여행객들의 짐 안에는 십중팔구 즉석밥이 들어 있다. 하지만 한국인들의 우려와 달리 의외로 해외에 가서 밥을 찾기는 어렵지 않다. 대부분의 나라에서는 일반 마트에서도 손쉽게 쌀을 구할 수 있다. 프랑스에 갔다가 병이 난 적이 있는데 그때도 숙소 옆 작은 슈퍼에서 죽 끓일 쌀을 샀다. 전세계 많은 나라에서 밥을 먹기 때문에 가능한 일이다.

쌀은 가성비, 즉 단위 면적당 생산량이 높은 작물이라 전 세계적으로 사랑받아 왔다. 처음에는 중국 남부와 동남아 북부, 인도서부 등 아시아 일부 지역에서만 재배했지만 이내 아시아 대다수의 지역의 주식이 되었다. 남미, 아프리카, 유럽의 일부 지역에서도 쌀을 먹는다. 다만 쌀은 기온이 높고 강수량이 많은 기후에서만 잘 자란다. 그래서 아시아에서도 날이 춥거나 건조한 지역에서는 쌀 대신 다른 곡물을 주식으로 삼는다. 한반도 북부만해도 쌀농사가 잘 되지 않아 그 지역에서도 잘 자라는 조, 기장 등 잡곡을 주로 먹었다.

쌀을 익혀 먹는 형태는 대부분 비슷하다. 알곡 모양 그대로 익혀 먹는다. 가루를 낸 후 반죽해서 익혀 먹는 밀과는 다르다. 쌀과 밀의 특성 차이 때문이다. 두 곡물 모두 먹기 위해서는 껍질을 벗겨야 하는데 밀은 껍질과 알곡이 잘 분리되지 않는다. 알곡을 먹기 위해서는 통째로 갈아 가루를 내서 알곡의 가루만 분리한 후 면이나 빵 등으로 가공해서 먹는다. 반면 쌀은 껍질이 잘 분리되어 알곡 모양을 그대로 살릴 수 있다. 그리고 글루텐이라는 점성이 있는 단백질이 있어 가공이 수월한 밀가루와 달리 쌀은 점성이 없어 가공이 쉽지 않다. 이러한 특성 덕분에 지역마다 다른 모양의 빵이나 면으로 먹는 밀가루와 달리 쌀은 어느 지역에서든 익히는 형태가 비슷하다.

하지만 쌀밥이라고 다 같은 쌀밥은 아니다. 우리는 찰기 있는 밥을 먹지만 쌀밥을 먹는 다른 대부분의 지역에서는 찰기 없이 풀풀 날리는 밥을 먹는다. 쌀의 품종이 다르기 때문이다. 쌀은 크게 자포니카와 인디카로 나뉜다. 우리가 먹는 자포니카는 길이가 짧고 찰기가 많으며, 흔히 안남미라고 통칭하는 인디카는 길이가 길고 찰기가 적다. 인디카가 더 일반적인 쌀로 전 세계 쌀 소비량의 약 90%를 차지한다. 자포니카를 먹는 지역은 우리나라를 포함해 일본과 중국 동북지역과 대만, 유럽의 쌀을 먹는 일부 지역뿐이다.

먹는 쌀의 품종에 따라 밥을 짓는 방법도 다르다. 자포니카를 먹는 지역에서는 대부분 우리나라처럼 밥을 한다. 쌀이 흡수할 수 있을 만큼의 물만 넣어 쌀의 찰기를 살린다. 다만, 자포니카에도 여러 세부 품종이 있는데, 상대적으로 찰기가 떨어지는 품종을 먹는 유럽에서는 조리할 때 기름을 넣어 일부러 쌀의 찰기를 더 없앤다. 이탈리아의 리조또가 대표적인 예다. 인디카를 먹는 곳에서는 면 끓이듯 쌀을 넣어 끓인다.

밥을 짓는 방법부터 이렇게 다르니 쌀 요리는 더더욱 다양하다. 풀풀 날리는 인디카는 서로 달라붙지 않아 볶음밥에 잘 어울린다. 그래서 인디카를 주로 먹는 동남아에서는 볶음밥 요리가 많다. 인도네시아의 나시고렝이 특히 유명한데, CNN에서도 세계에서 가장 맛있는 음식 2위로 선정한 바 있다. 밥이라는 뜻의 '나시'와 볶음이라는 뜻의 '고렝'을 더해 만든 이름 그대로 볶음밥이다. 간장과 비슷한 크찹마니스, 일종의 고추소스인 삼발소스, 새우를 발효시켜 만든 페이스트인 뜨라시, 케찹 등의 소스로 밥을 볶아낸 요리다. 물 대신 다른 액체를 넣어 밥을 짓기도 한다. 코코넛이 흔한 말레이시아에서는 코코넛 밀크를 넣어 밥을 짓곤 한다. 말레이시아에서 아침으로 많이 먹는 나시르막은 코코넛 밀크를 넣고 지은 밥에 멸치볶음과 땅콩, 각종 소스를 곁들여 먹는 음식이다. 아니면 밥 위에 각종 재료와 소스를 부어 먹기도 한다. 일본의 덮밥이나 인도의 커리를 얹은 밥이 대표적이다. 앞서 얘기한 리조또와 같이 쌀을 볶다가 육수를 부어 익힌 음식들도 있다.

쌀밥을 즐기는 방법이 다양해지고 있다. 위에 언급한 다양한 외국 쌀 요리가 국내에 소개되면서 쌀밥을 활용하는 방법이 늘

스페인의 파에야, 이탈리아의 리조또, 인도네시아의 나시고렝, 한국의 쌀밥(시계 반대 방향 순)

었을 뿐 아니라 우리가 먹는 쌀밥 자체에 대한 선택지도 다양해졌다.

앞서 잠깐 언급했듯 자포니카 쌀도 여러 하위 품종으로 나뉘고 그 품종에 따라 맛과 식감이 달라진다. 요즘에는 쌀을 품종별로 구별하고 이 품종의 특징을 적극적으로 커뮤니케이션해서 판매하는 판매자가 늘었다. 참고로 국내에는 신동진, 삼광, 오대, 고시히카리, 아키바레(추청) 등이 많이 생산된다. 신동진은 알이 커서 씹는 맛이 있고 수분이 적어 밥을 지으면 꼬들꼬들하다. 삼광은 부드러우며, 오대는 밥을 한 뒤 오래 둬도 맛이 잘 유지된다. 고시히카리는 찰기가 좋고, 아키바레는 쌀이 통통하고 찰기가 적당한 것이 특징이다.[12]

도정도는 쌀의 껍질을 벗겨 내는 정도를 말한다. 백미에서 현미 사이의 다양한 상태를 고를 수 있다. 나는 백미와 현미를 섞어 먹는 대신 백미와 현미의 중간인 오분도미를 쓴다. 주로 인터넷에서 주문하는데 원하는 품종과 도정도를 선택하면 당일 도정

왼쪽에서부터 백미, 오분도미, 현미.

12 LG화학 공식 블로그 LG케미토피아, 「I am a farmer 5번째 마당 '다양한 쌀의 품종과 맛있는 쌀 고르는 방법'」, https://blog.lgchem.com/2017/10/25_rice, 2017

해서 바로 배송해 준다. 요즘에는 마트에서도 종종 이런 서비스를 제공한다.

쌀의 소비가 줄었다고는 하지만 여전히 쌀밥은 우리 식단의 중심이다. 그렇기 때문에 쌀밥과 관련한 다양한 변화는 더더욱 반갑다. 새로운 음식에 도전해 보듯 새로운 품종의 쌀과 조리법에 도전해 보는 건 어떨까? 일상적인 식탁에 소소한 재미가 더해질 것이다.

Tip 맛있는 밥하는 법(쌀 불리기)

쌀을 불려서 밥을 하면 더 맛있다. 쌀은 보관하는 과정에서 겉부터 마르기 때문에 쌀알 안과 밖의 수분 함량이 다르다. 그래서 쌀을 불리지 않고 이대로 밥을 하면 안과 밖이 다르게 익는다. 하지만 쌀을 불려서 밥을 하면 쌀 전체가 수분을 머금은 상태에서 익히기 때문에 쌀 바깥쪽이나 안쪽이나 거의 균일하게 조리된다.

쌀의 상태에 따라 다르지만 보통 여름엔 30분, 겨울엔 40분 정도 불리면 된다.

식품업계의 반도체, 김

밑반찬은 항상 부족하다. 밑반찬이나 주요리나 하는 데 드는 공은 비슷한데 식탁 위에서의 존재감은 밑반찬이 훨씬 덜하다. 그러니 자연히 요리를 할 때 우선순위에서 밀리곤 한다. 하지만 밑반찬이 없으면 아무리 메인을 정성껏 차려내도 왠지 식탁이 휑해 보인다. 그럴 때 유용한 게 김이다. 김치와 김만 차려도 밑반찬이 두 가지가 된다. 실온 보관이 가능하니 냉장고 자리도 차지하지 않고 한번 사두면 오랫동안 먹을 수 있다. 그래서 김은 어느 집 식탁에서나 효자 노릇을 톡톡히 하고 있다.

김은 대표적인 수출 식품이기도 하다. 우리나라는 중국, 일본과 함께 세계 3대 김 생산국이다. 전 세계 물량의 99%를 한·중·일에서 생산한다.[13] 이 중 55%가 한국 김이다. 식품업계 대표 수출 상품이다. 식품업계의 반도체라고 불릴 정도다.

13 데일리안, 「"일본·중국엔 있고, 한국엔 없다"…국내 '김 등급제' 도입 필요」, https://www.dailian.co.kr/news/view/883502?sc=Naver, 2020

김은 중국과 일본에서도 많이 먹는다. 일본은 김을 가공하고 먹는 방법이 우리나라와 비슷하다. 마른 김을 밥과 함께 먹는다. 있는 그대로 반찬으로 먹기도 하고 주먹밥, 데마끼[14] 등에 활용하기도 한다. 중국의 김 가공법은 한국, 일본과 다르다. 두껍고 납작한 원통 모양으로 말려 놓았다가 필요한 만큼 조금씩 떼어 사용한다. 보통 국의 재료로 쓴다.

동아시아를 제외한 지역에서는 김을 비롯해 해조류는 거의 먹지 않는다. 해조류를 처음 먹어 보는 외국인들은 미끈미끈한 식감에 식겁하곤 한다. 예외적으로 영국 웨일스에서는 김을 먹는다. 대표적인 음식으로는 레이버 브래드(Laver Bread, 김빵)라고 김을 푹 끓여 다진 후 버터와 오트밀을 섞어 튀겨낸 것이다. 아침 식사용으로 많이 먹었다고 한다. 하지만 이마저도 요즘에는 거의 먹지 않는다.

이러니 김의 국제 교역은 주로 동아시아 내에서 이뤄졌다. 하지만 요즘에는 동아시아 외의 지역에서도 김 소비가 점차 늘어나 우리나라의 김 수출량이 크게 증가했다. 다른 지역에서 김을 많이 먹게 된 이유는 여러 가지가 있다. 그중 하나는 간식으로서 김의 재발견이다. 짭조름하고 바삭거리는 김은 입이 심심할 때, 술을 마실 때 곁들이기 좋다. 감자칩 먹듯 먹는다.

건강식품으로 주목받은 것도 영향을 미쳤다. 김은 풍부한 비타민과 무기질, 단백질 덕분에 월스트리트 저널에서 슈퍼 푸드로 지정되기도 했다. 특히 식물성 재료로는 아주 드물게 채식 식

---

14   김에 밥과 채소와 해산물을 넣고 만 음식.

반찬으로 손쉽게 먹을 수 있는 조미김.

단에서 결핍되기 쉬운 비타민 B_{12}가 많다. 그래서 채식주의자들에게 필수 식품으로 꼽힌다. 이러니 채식주의자가 많고 몸 관리에 신경을 많이 쓰는 할리우드에서도 김을 먹는 사람이 많다. 가끔 인터넷에서는 할리우드 스타나 그 가족이 걸어가며 김을 먹는 모습이 찍혀 화제가 되곤 한다. 미국 학교나 기업에서도 웰빙 간식으로 김을 제공한다.

우리나라에도 슬슬 김 스낵이 등장하고 있다. 우리나라 김 스낵은 부각처럼 찹쌀 풀을 묻혀 말린 후 튀긴 것이 많다. 하지만 여전히 김은 대부분 반찬용이다. 김 스낵조차 밥반찬으로도 먹기도 한다. 반찬용 중 가장 보편적인 것은 조미김, 소위 도시락김이다. 소금 간까지 되어 다 구워져 나오니 이토록 간편할 수없다. 마트에서 대용량을 사다가 찬장에 쟁여 두면 든든하다. 하지만 오래 두면 발라진 기름이 산화되어 냄새가 날 수도 있다. 그래서 유통기한도 생각보다 짧다. 조미김을 사거나 먹을 때면 유통기한을 잘 확인하자.

맛을 생각했을 때는 생김을 직접 구워 먹는 것이 가장 좋다. 마른 김을 구워 간장에 찍어 먹어도 좋고, 참기름을 발라 구워도 좋다. 갓 구워 파삭거리는 김은 시판 제품과는 다르다. 생김은 다양한 김 요리로 활용할 수도 있다. 설탕, 소금 간을 해 기름에 볶아 김자반으로 먹을 수도 있고, 간장에 재워 김장아찌를 할 수도 있다. 나는 특히 김장아찌를 좋아한다. 떼어 먹기는 좀 귀찮지만 삼겹살을 싸 먹으면 정말 맛있다.

김에도 여러 종류가 있다. 재래김, 곱창김, 돌김은 사용된 원초에 따라 나뉜다. 재래김은 방사무늬김으로 만드는데 가장 보편적인 김이다. 돌김은 모무늬돌김으로 만든다. 재래김보다 두껍고 구멍이 듬성듬성 나 있다. 맛과 향도 조금 다르다. 곱창김은 잇바디돌김이라는 종으로 만드는데 원초 자체가 꼬불꼬불 곱창 같이 생겨 다른 김보다 씹는 맛이 좋다. 재배가 까다롭고 생산량이 적어 상대적으로 가격이 비싸다. 가공 방법에 따라서도 종류가 나뉜다. 김밥김은 김밥 옆구리가 잘 터지지 않게 두껍게 만든 것이 특징이고 파래김은 말 그대로 파래를 섞어 만들었다.

프리미엄 김 중에는 '지주식 김'이라고 이름 붙은 김도 있다. 여기서 지주식이란 김의 양식 방법을 말한다. 김 양식은 크게 지주식과 부유식으로 나뉘는데, 지주식은 지주를 이용한 방법으로 조수간만의 차가 큰 바다에서 지주를 박고 김발을 연결해 김을 키운다. 부유식은 깊은 바다에서 김발을 둥둥 띄워(부유시켜) 키운다. 대부분의 김이 부유식으로 생산된다. 보통 부유식은 생산량이 많고 지주식은 맛이 좋다고 한다.

매출이 좋아야 투자도 많이 된다. 김은 국내외를 막론하고 '잘 나가'다 보니 다양한 시도가 일어나고 있다. 제조사에서 프리미엄화, 다양화를 꾀하는 것은 물론 정부에서도 김 산업 부양을 위해 여러 가지 정책을 마련하고 있다. 이목이 쏠리고 투자가 진행되는 만큼 많은 변화가 기대된다. 김의 종류가 다양해지면 손쉽게 마련할 수 있는 밑반찬의 종류도 늘어난다. 그래서일까, 김의 다양한 변화가 유달리 반갑다.

　김은 보통 비닐 포장을 해서 판다. 얇은 플라스틱 통이 들어있는 도시락 김을 제외하면 다 그렇다. 그런데 김은 워낙 잘 부스러지다 보니 보관하다 보면 모양이 망가지기 쉽다.

　이럴 때 파일을 이용하면 좋다. 다소 뜬금없지만, 플라스틱 파일 케이스 안에 김을 넣어 보자. 크기가 딱 맞다. 여름이면 포장을 뜯지 않은 김도 눅눅해지기 쉬워 냉장 보관하는 것이 좋은데, 파일 케이스 안에 넣은 김은 복잡한 냉장고 속에 들어가 이리 치이고 저리 치여도 끄떡없다.

부모 자식 간의 김치, 그리고 발효 채소

매년 김장철이면 엄마와 신경전이 벌어진다. 김치를 담근다는 엄마와 담그지 말라는 내 의견이 첨예하게 갈리기 때문이다. 엄마는 목디스크가 심해서 김장을 하고 나면 꼭 앓아누우시면서도 김장을 포기하지 못하신다. 산 김치는 맛이 없다나. 정 담그려면 좀 적게 담그거나 적어도 절인 배추를 사서 쓰라고 하는데도 좀처럼 듣지를 않으신다. 딸이 워낙 잔소리를 하니 이제는 나한테 알리지도 않고 몰래 담그신다. 작년에도 엄마는 김장을 하셨다. 내가 아이를 낳은 만큼 집에서 밥 먹을 일이 많을 거라며 평소보다 훨씬 많이 담그셨다. 결과적으로 잔소리를 한 바가지 했던 딸은 일 년 내내 김치를 잘도 얻어먹고 있다. 참 염치도 없다. 멀리 사는 시어머니도 오실 때마다 김치를 종류별로 담가 오신다. 부산에서 서울까지 기차를 타고 오시면서 트렁크 안에 비닐로 꽁꽁 싸맨 김치통을 몇 개를 넣어 오신다. 부모 자식 관계에서 김치만큼 큰 역할을 하는 음식도 없다.

아무리 냉장 시설이 발달했다고 해도 다른 반찬은 오래 두고 먹을 수가 없다. 하지만 김치만은 예외다. 냉장고에 몇 달을 둬도 맛은 조금 변할지언정 먹을 수 있다. 그래서 부모님들은 따로 사는 자식들에게 그렇게 김치를 보내시는 모양이다. 하우스 재배도 냉장 시설도 없던 시절 땅속에 묻혀 한겨울을 나게 하던 김치는 오늘날에도 냉장고 속에서 오래 살아 끼니를 해결하게 한다.

김치를 이렇게 오래 두고 먹을 수 있는 것은 발효 덕분이다. 발효의 주역인 유산균은 염분에 강하다. 반면 음식을 부패시키는 세균들은 염분에 약하다. 그래서 음식을 소금에 절이면 유산균이 음식을 부패시키는 균보다 먼저 번식한다. 이 유산균이 먹거리(당)를 선점하고 여러 가지 항균 물질을 배출하면 해로운 균들은 갈수록 번식하기가 더 어려워진다. 결과적으로 음식이 썩지 않는다.

냉장고가 없던 시절, 이러한 발효는 음식을 오래 보관할 수 있는 좋은 방법이었다. 그래서 발효는 다양한 식재료를 바탕으로 활용되어 왔다. 콩을 발효하면 된장과 간장이, 생선을 발효하면 젓갈이, 유제품을 발효하면 치즈가 만들어진다. 와인과 맥주, 빵, 햄도 넓은 범위에선 모두 발효 음식이다.

채소로 만든 대표적인 발효 음식이 김치다. 김치 외에도 피클, 사우어크라우트 등이 발효 채소 음식으로 손꼽힌다. 소금과 식초 등을 써서 각종 채소를 절여 먹는 피클은 유럽과 아시아의 많은 국가에서 널리 먹는다. 재료로 오이를 많이 쓰지만 당근, 양파, 무 등 다른 채소들도 다양하게 사용된다. 독일과 동유럽의 사우어크라우트는 김치와 자주 비교되는 발효 채소다. 사우어크라우트는 독일어로 '신 양배추'라는 뜻으로, 양배추를 얇게 썰어 염장 발효한 음식이다. 독일 및 동유럽 지역에서는 한국인이 김치를 먹는 것만큼 사우어크라우트를 자주 먹는다. 김치로 찌개를 끓여 먹듯 사우어크라우트로 스튜를 만들어 먹기도 한다. 하지만 피클이나 사우어크라우트는 김치에 비하면 발효 채소라기보다는 염장 채소에 가까우며, 김치만이 진정한 발효 채소라는 의견도 있다. 피클이나 사우어크라우트는 염장을 통해 유해균이 생성을 억제해서 채소를 장기간 보관하게 하는데 주안점이 있는데 비해 반면 김치는 유산균이 적극적으로 발효에 참여하게 하는 조리법이라는 것이다.

발효 과학은 김치를 만들고 보관하는 과정 곳곳에 숨어 있다.

독일의 김치, 사우어크라우트.

김치를 담글 때는 밀가루나 쌀가루로 쑨 풀, 설탕이 반드시 들어간다. 단맛을 내기 위해서가 아니다. 유산균이 잘 번식할 수 있도록 먹거리를 넣어 주는 것이다. 단 게 싫다고 김치 담글 때 설탕을 넣지 않으면 발효가 잘 안 된다. 김치를 통에 넣는 방법에도 과학이 숨어 있다. 보통 김치를 넣을 때는 꾹꾹 눌러 김치가 김칫국물에 잠기게 하는데 이렇게 하면 김치가 공기로부터 차단되어 산소를 좋아하는 해로운 균들이 자라지 못한다. 배추김치를 통에 넣을 때는 잘 오므려서 제일 바깥쪽 잎사귀로 잘 싸매는데 이것도 김치가 최대한 공기에 닿지 않게 하기 위해서다. 참고로 이 보관법은 피클이나 사우어크라우트 등에도 적용된다.

쓰이는 양념이 다채롭다는 점도 김치만의 독특한 면이다. 다른 염장 발효 채소 음식에도 소금 외의 재료가 들어가긴 하지만 들어가는 종류도, 양도 적다. 피클에는 허브가 조금 들어가고, 사우어크라우트에 버터밀크가 조금 들어가는 정도다. 하지만 김치는 거짓말 조금 보태 부재료가 거의 주재료만큼 들어간다. 동물성 재료까지 들어가서 젓갈은 물론, 생새우나 갈치를 통째로 넣기도 한다. 다른 나라에서는 동물성 재료는 젓갈로, 식물성 재료는 피클로 따로 발효시키기는 해도 둘을 함께 발효시키는 경우는 거의 없다.

또 다른 차이는 저장 환경이다. 겨울철 김치는 땅 속 깊이 파묻은 독에 보관한다. 추운 겨울 김치가 얼지 않게 하려는 방책이었지만 이 보관법은 실제로 김치 발효에 도움이 되기도 했다. 김치에 번식하는 유산균은 섭씨 1도에서 활발하게 활동하는데, 독

김장김치 담그는 모습.

을 땅에 깊게 묻으면 외부 날씨와 관계없이 섭씨 1도 전후의 온도를 유지할 수 있다. 김치를 최적의 상태로 보관하기 위한 경험적인 지혜였지만 다른 나라에선 낯선 보관법이다. 과거 외국인들이 땅에 묻힌 김치를 꺼내 먹는 한국인들을 보면 놀랄 수밖에 없었다.

요즘엔 김치 냉장고에 김치를 보관한다. 처음 아파트로 이사한 사람들은 김치 묻을 공간이 없어 걱정했다고 한다. 냉장고가 있지만 김장독에 보관하는 것과는 달랐다. 냉장고의 평균 온도는 3도로 높고 자주 문을 여닫으니 그마저도 오락가락한다. 여기에서 착안해 개발한 것이 바로 김치 냉장고다. 김치 냉장고는 겨울철 땅 속과 같이 김장 김치 보관에 딱 맞는 온도를 안정적으로 유지한다. 부모님이 김치 냉장고에 보관하다 보내 준 김치를 바로 먹으면 맛있는데 그 김치를 우리 집 냉장고에 한동안 보관하고 나면 쉰내가 나는 데에는 과학적인 이유가 있다.

사실 요즘은 굳이 채소를 발효시킬 필요가 없다. 발효는 채소를 오래 보관하기 위한 수단이었는데 요즘에는 교통과 기술의 발달로 신선한 채소를 사시사철 구할 수 있다. 하지만 발효 음식

은 사라지기는커녕 날이 갈수록 그 위상이 높아지고 있다. 발효
는 세계 미식 업계에서 가장 큰 관심사이기도 하다. 면역력 증진
등 발효 음식의 건강상 효능이 알려졌을 뿐 아니라, 잉여 농산물
을 활용할 수 있고 보관하는 데 에너지가 거의 안 드는 발효 음
식의 친환경적 성격과 지속 가능성이 주목받고 있기 때문이다.
사람들의 입맛이 이미 발효 음식 특유의 시큼한 맛에 길든 것도
크게 한몫했다. 오죽했으면 김치는 기술의 진보로 인해 사라지
기는커녕 이를 활용해 김치 냉장고까지 탄생시켰을까.

　『알까기』라는 만화가 있다. 세상에서 가장 고된 아르바이트라
는 택배 승하차 아르바이트, 알까기에 대한 만화다. 그 책의 한
부분에서도 김장김치에 대한 에피소드가 나온다. 김장철, 전국
을 오가는 김장김치 때문에 알까기 일이 유달리 바빠진다. 물량
도 많아지고 택배 무게도 무거워진 데다 가끔은 김칫국물이 새
서 난리가 난다. 김치 택배로 잔뜩 지친 주인공이 터덜터덜 집으
로 돌아오는데 그런 주인공의 집 앞에마저 김치 택배가 놓여 있
다. 고향의 어머니가 보낸 것이다. 이렇게 김치 택배가 오가는
이상 아무리 집밥이 사라지고, 저장 식품이 필요 없어지고, 먹을
것이 차고 넘친다고 하더라도 김치의 위상은 계속될 것이다, 쭉.

남는 김칫국물, 절대 버리지 말자. 마늘, 고춧가루 등 향신 채소가 듬뿍 들어간 칼칼한 김칫국물은 각종 음식에 향신장으로 쓰기 좋다. 김치찌개, 갱시기[15], 고등어김치찜, 돼지등갈비찜 등등 김치가 들어가거나 고추장 양념을 하는 각종 음식에 넣어 보자. 마법의 수프를 더한 듯 음식의 시원한 맛이 배가된다.

15 경상북도의 향토음식으로, 찬밥과 김치로 끓인 죽이다.

모두에게 열려 있는, 비빔밥

몇 년 전까지만 해도 로맨스 드라마에는 자주 야밤의 비빔밥 장면이 나오곤 했다. 여주인공이 마음에 드는 남자와 멋진 레스토랑에서 밥을 먹고 집에 돌아와 비빔밥을 또 먹는 장면이다. 연출된 모습도 비슷해서 여주인공은 항상 한밤중에 불도 켜지 않고 부엌에 들어가서 커다란 양푼에 찬밥, 김치, 참기름, 고추장을 넣고 싹싹 비벼 입이 미어지게 비빔밥을 먹곤 했다. 요즘에는 솔직하고 대찬 여자 캐릭터가 대세라 덜하지만 불과 몇 년 전까지만 해도 이런 장면이 수시로 등장했다.

그런데 왜 항상 비빔밥일까? 아마 가장 부담 없이 준비해서 제일 편안한 모습으로 먹을 수 있는 음식이기 때문일 것이다. 비빔밥은 정해진 재료가 없다. 밥과 다른 재료 아무거나 한두 가지만 있으면 해 먹을 수 있다. 가열 조리도 필요 없어 더욱 간편하다. 그래서 나도 아이를 낳은 후에는 부쩍 비빔밥을 자주 해 먹는다.

냉장고에 뭐가 있든 해 먹을 수 있다. 즉석밥을 꺼내고 냉장고 속 채소나 반찬 아무거나 넣고 슥슥 비비면 완성이다. 이렇게 비벼 놓기만 하면 먹는 건 간편하다. 아이를 안고 시선을 아이에게서 떼지 않고도 먹을 수 있다(사실 이조차 못 먹는 때가 부지기수지만).

물론 공들여 만든 비빔밥도 있다. 제대로 된 비빔밥 했을 때 가장 먼저 떠오르는 것은 생일 때나 먹을 수 있는 친정엄마표 특제 비빔밥이다. 이 비빔밥에는 각각 양념해서 볶은 대여섯 가지 채소와 소고기가 올라간다. 고슬고슬 갓 지은 밥에 만들어 둔 고명을 돌려가며 가지런히 올린 뒤 가운데 약고추장과 부순 다시마튀각을 올린다. 마지막으로 참기름을 한 번 둘러주면 완성이다. 이 아름다운 비빔밥은 반드시 눈으로 한 번 즐긴 후 비빈다. 뭉쳐진 밥이나 재료가 없도록 충분히 비빈 후 한 숟갈 듬뿍 떠서 먹으면 너무 맛있어서 순간 몸이 짜릿해지기도 한다. 제각기 최

엄마표 비빔밥 재료.

적의 상태로 조리된 채소와 소고기가 다채로운 맛과 식감을 뽐내는데 그렇다고 재료들이 따로 놀지도 않는다. 약고추장과 밥이라는 공통된 바탕 덕분에 모든 재료가 은근하게 잘 어우러진다. 다시마튀각 가루도 감칠맛을 톡톡히 끌어올린다.

이런 비빔밥은 외국인들에게 대표적으로 소개하는 한식이기도 하다. 모양도 예쁘고 색감도 좋으니 '그림이 된다'. SNS에 올리기에도 손색이 없다. 사용하는 재료에 제한이 없고 가감도 쉬우니 먹는 사람의 입맛에 맞추기도 좋다. 먹는 사람이 채식주의자나 이슬람교도라 할지라도 문제없다.

다만 외국 사람들에게 비빔밥을 소개할 때는 꼭 먹는 방법을 함께 설명해 주자. 비빔밥은 우리나라 특유의 음식이다. 외국에도 쌀 요리는 많지만 비벼 먹는 경우는 찾아보기 힘들다. 대개 밥에 다른 요리를 곁들여 먹거나(쌀밥과 반찬), 다른 재료와 함께 볶아서 먹거나(볶음밥), 다른 음식을 얹어서(덮밥) 먹는다. 그중 덮밥은 비빔밥과 모양이 좀 비슷하지만 먹는 방법은 다르다. 모든 재료를 섞어서 먹는 비빔밥과 달리 덮밥은 밥과 재료를 섞지 않고 그대로 떠서 먹는다. 그래서 비빔밥을 처음 보는 외국인들은 덮밥을 먹듯 밥과 위에 올라간 재료를 따로 먹곤 한다. 그 때문에 항공사에서 기내식으로 비빔밥을 제공할 때면 영어로 된 설명서를 따로 주기도 한다.

이렇게 밥을 비벼 먹게 된 이유에 대해서는 여러 가지 설이 있다. 농사일을 하는 도중에 밥을 제대로 차려 먹기는 어려우니 한 그릇에 여러 음식을 담아 먹었다는 설, 제사를 지내고 음식을 나뉘 먹을 때 그릇이 부족해 밥 위에 제사 나물을 한 번에 올려 먹었다는 설, 새해가 되기 전 묵은 음식을 처리하기 위해 한 그릇에 담아 먹었다는 설, 궁중음식에서 기인했다는 설 등등이다. 정확한 유래야 어찌 됐든 이런 다양한 계급, 상황과 관련한 기원설을 보면 비빔밥은 예전부터 모두의 음식이었다는 것을 알 수 있다. 누구든 자기 처지와 입맛에 맞추어 먹을 수 있는 음식이었기에 계급과 부에 상관없이 모든 사람에게 사랑받을 수 있었다.

열린 형태의 음식인 만큼 비빔밥의 종류는 예전부터 매우 다양했다. 조선 후기 실학자이자 미식가였던 이규경의 기록을 통해 그 일부를 엿볼 수 있다. 그의 기록에는 갈치·준치·숭어 등에 겨자장을 넣은 비빔밥, 구운 새끼 전어를 넣은 비빔밥, 큰 새우 말린 것, 작은 새우, 쌀새우를 넣은 비빔밥, 황해도의 작은 새우 젓갈비빔밥, 새우알비빔밥, 게장비빔밥, 달래비빔밥, 생호과비빔밥, 기름 발라 구운 김가루비빔밥 등등 다양한 비빔밥들이 등장한다.[16]

특히 유명했던 비빔밥이 몇 가지 있는데 바로 평양비빔밥, 해주비빔밥, 진주비빔밥이다. 평양비빔밥은 볶은 소고기와 약고추장이 들어가고, 해주비빔밥은 쌀밥을 돼지기름에 볶은 후 닭고기를 포함한 각종 고명을 올린 것이 특징이다. 진주비빔밥은 육회가 올라가고 선짓국을 함께 먹는다.

요즘은 비빔밥 하면 전주비빔밥과 돌솥비빔밥이 대표적이다. 전주비빔밥은 밥을 할 때 육수를 사용하고 콩나물을 반드시 넣

16 1차 출처: 오주연, 『문장서산고』 / 2차 출처: 동아일보, 「[황광해의 역사속 한식]비빔밥」, http://www.donga.com/news/article/all/20160817/79801144/1, 2016

육회와 돼지비계가 들어가는 황등비빔밥.

는 것이 특징이다. 전주에서는 오랫동안 먹어 온 음식이지만 전
국적인 인기를 끈 것은 생각보다 오래되지 않았다. 1960년대 한
백화점에 입점한 전주비빔밥 전문점이 인기를 끌면서 유명해졌
다. 돌솥비빔밥은 재료보다는 사용하는 그릇, 돌솥이 특징이다.
돌솥비빔밥은 전주비빔밥보다 역사가 훨씬 짧아서 최초로 개발
된 시기가 1960년대다.

　비빔밥의 세계는 끝이 없다. 뭐든 밥 위에 올려 비비기만 하면
비빔밥이 되니 당연히 가능한 조합도 무한대에 가깝다. 요즘에
는 아보카도, 낫또, 치즈, 치킨이 올라간 퓨전 비빔밥도 있다. 그
야말로 음식계의 오픈 플랫폼이다.

　변화가 많은 시대다. 하루가 다르게 세상이 변하니 기업은 항
상 위기이고 개인은 끊임없이 자기 계발이 필요하다. 열린 자세
가 그 어느 때보다 중요하다. 음식도 마찬가지다. 빠르게 변화

하는 식음료 트렌드와 쏟아져 들어오는 세계 음식과의 경쟁에서 살아남기 위해서는 열려 있어야 한다. 전통을 찾고 보존하는 것도 어떤 측면에서는 필요하지만 항상 원류만 찾다가는 역사 속으로 사라져 버릴지도 모른다. 그리고 지금까지의 음식 탐험을 통해 보았듯, 우리가 말하는 '전통' 또한 수많은 변화를 거쳐 만들어진 것이다.

우리 음식이 살아남기 위해서는 학자나 명인보다 우리의 역할이 더욱 중요하다. 많이 먹고, 이것저것 새로운 시도를 해 보자. 그래야만 우리 음식들도 변화하는 세상과 발맞추어 나가고, 살아남을 수 있다. 어려울 것 없다. 사랑한다면 사랑하는 만큼, 그 마음을 표출하면 된다. 그러니 우리 함께, 먹자, 탐험하자!

비빔밥을 숟가락으로 비빌까, 젓가락으로 비빌까는 떡볶이의 쌀떡 밀떡, 탕수육의 부먹 찍먹 논쟁만큼 첨예한 논쟁의 대상이다.

젓가락 파는 젓가락으로 비벼야 밥알이 알알이 떨어져 더 고루 비벼지고 숟가락으로 비비면 밥알이 뭉개진다고 주장한다. 반면 숟가락 파는 젓가락으로 비비는 데는 시간이 너무 많이 걸리고 숟가락으로 비벼야 양념이 밥알에 더 잘 스며들며, 애초에 비빈다는 행위 자체가 숟가락 사용을 전제로 한다고 이야기한다.

나는 하이브리드 방식을 쓴다. 비비기 전에 고명은 젓가락으로 먼저 흩어놓고 숟가락으로 비빈다. 한 손으로는 그릇을 잡고 다른 손으로는 숟가락을 잡고 너무 힘을 주지 않고 아래에서 위로 뒤집어 가며 비빈다. 이러면 고명이 뭉치지도 않고 밥알이 눌리지도 않으며 양념이 잘 배게 빨리 비빌 수 있다.

솜대리의 한식탐험
내가 궁금해서 찾아본 생활 속 우리 음식 이야기

1판 1쇄 발행 2021년 3월 25일
1판 2쇄 발행 2021년 4월 21일

지은이 ｜ 솜대리

펴낸이 ｜ 유재옥
본부장 ｜ 조병권
책임편집 ｜ 박소연
디자인 ｜ 김보라
마케팅 ｜ 한민지 이주희 최정연
물류 ｜ 허석용 백철기
제작 ｜ 코리아피앤피

펴낸곳 ｜ 올라Hola
출판등록 ｜ 제2015-000008호
주소 ｜ 서울시 마포구 토정로 222, 403호(신수동, 한국출판콘텐츠센터)
이메일 ｜ hola_book@naver.com
전화 ｜ 편집부 (070)4164-3960 기획실 (02)567-3388
　　　 판매 및 마케팅 (070)4165-6888, Fax (02)322-7665

ISBN ｜ 979-11-6611-513-4 (03810)

*올라Hola는 ㈜소미미디어의 출판 브랜드입니다.